这套丛书是具有现代文学性的草根原创作品，探索并形成着人性和灵魂，如何在一条还乡路上的思考。

盐 池

为一种地域的注脚

盐池文丛

心灵语絮

XINLING YUXU

刘成林 著

LIU CHENGLIN ZHU

黄河出版传媒集团
宁夏人民出版社

图书在版编目（ＣＩＰ）数据

心灵语絮 / 刘成林著. — 银川 ：宁夏人民出版
社,2015. 12（2023.8 重印）
　　（盐池文丛）
　　ISBN 978-7-227-06216-5

　　Ⅰ．①心… Ⅱ．①刘… Ⅲ．①中国文学—当代文学—
作品综合集 Ⅳ．① I217.2

中国版本图书馆 CIP 数据核字（2015）第 310724 号

刘成林　著

心灵语絮

责任编辑	姚小云
封面设计	张自君
责任印制	侯　俊

黄河出版传媒集团
宁夏人民出版社 出版发行

出 版 人	薛文斌
地　　址	银川市北京东路 139 号出版大厦 （750001）
网　　址	http://www.yrpubm.com
网上书店	http://www.hh-book.com
电子信箱	renminshe@yrpubm.com
邮购电话	0951-5052104　5052106
经　　销	全国新华书店
印刷装订	三河市嵩川印刷有限公司
印刷委托书号	（宁）0027087

开　　本	880×1230mm　1/32
印　　张	9
字　　数	150 千字
版　　次	2015 年 12 月第 1 版
印　　次	2023 年 8 月第 2 次印刷
书　　号	ISBN 978-7-227-06216-5
定　　价	45.00 元

为《心灵语絮》说几句

孙文涛

我与刘成林兄同为 20 世纪 50 年代人，我虚长他几岁，既然是同一代人他写的书送我，我愿意认真读，观点上也多有容易接近处，想借此对比一下我们历史里大家在不同地域的文化阅历、人生阅历等。如果我没有说错，他出生于朝鲜，父母亲都是志愿军，他的父亲还是光荣的"三届"老兵，即参加过抗日、解放、支援朝鲜的战斗，他是一个"红色"家庭出身的人自无疑。我在1952 年出生的时候，我的舅父也在朝鲜浴血卫国受了重伤，可我的父亲因"地主"成分在田野里劳动改造，这就是共和国与我的最初纠缠不清的关系，"血统论"问题一直影响到我的青春时代，直到 1978 年改革始取消。从这个意义说，我们俩一个"红五类"即革干子弟，一个"黑五类"即地富反坏右子弟，本来应见解及经历大相径庭，可是阴差阳错确有许多异曲同工之处，他的家庭和自己也多有坎坷磨难，并且我们竟都不约而同走向写作这条路，可见人生之富有文学故事传奇情节，也可见文化之最后融汇交流的神奇力量。

读他的《心灵语絮》打印集子，一开始就被他写父亲、母亲的两篇散文回忆录吸引，他的父亲原是本内地原籍，为响应国家支援西北号召，主动要求复员转业到当年偏远落后的宁夏的盐池，没想到一个"三届"老兵在文革中，竟因不白之冤被下了狱数年，"文革"后又经历不少曲折才获平反。而他的母亲经历更奇，她本是志愿军护士，到了地方当然分配继续当护士（当年非常之缺乏医护人才，缺得要命个个是"宝"），可是盐池却因某些人的"派性""排外"及野蛮非文化现象等作怪，将他的医护人员母亲"精简"回家当了大半辈子家庭主妇，直到老年辞世前不久，屡经子女上访，地方才派民政人员去慰问她，算是恢复名誉，奇也不奇？这些人生经历编都编不出来，唉……

　　《心灵语絮》应属于一本诗文合集，内容既有散文，小说，也有诗词等，均是有感而发，来源真实，有的可能是年轻时候喜欢文学留下的文笔痕迹，更多的应是中年后，特别近年来的感悟新作，中篇小说我没来得及全读完，是回忆青少年爱情的一段往事，他的诗词流露出作者诗人的特别的才情以及热烈，才华，浪漫，不羁，含蓄，深沉等艺术气质，但都是随手而为，不留生硬写作的痕迹，可能诗人更受到宋词的清新浪漫穿透人生的影响，他这些新诗词内容都是身边的发生，有感，情绪等。总体说，《心灵语絮》是一本"50后"的心灵如实记录，我爱看。我觉得文学就是"个人写个人的"，每个人记述自己的独有履历、不同轨迹，但百川归海，大家通过交流，更深刻认识了生活，启迪了人生，过滤了智慧，这些各个不一样的"回忆录"对青年也很有参考意义。

我的文学导师，曾参加过抗美援朝并于1950年新中国成立后参加第一届中央文讲所的已辞世的老诗人胡昭晚年曾对我说，如今他最累最苦的一件事就是给人写序，不写不行，写了难写。如今到了他这个年龄，我对他的话才有理解并深有同感。所幸我从来很少贸然答应给人写序。但与西北盐池却似乎特别有点缘，那就写吧，但我知道容易离题很远，隔靴搔痒，甚至连百分之一二也说不出，容易糟蹋了人家作者多年的辛劳写作。承蒙成林兄的难得的信任错爱，简单说了以上。应该说我阅读他的书当时很有感受，但我近来因健康（心脏）原因接受医生彻底休息建议停笔并在南方休养，《心灵语絮》一书并不在手边，挂一漏万之处，还请望刘兄海涵见谅！

2015 年 10 月 20 日

孙文涛，资深编辑，民间"大地访诗人"采访人，近 15 年中以实地踏查形式访问国内 20 余省底层及民间诗人数百位，曾任诗刊编辑、吉林日报记者、中国国家地理编辑、北京工人报记者等，为中国作家协会会员，著有诗歌、散文诗、散文随笔回忆录、文学访谈录等 10 部。

读刘成林文集

张　联

一个对文学的爱好，不觉多年的时光已过去。这时的深情引起了许多的回忆，打开自己思想的仓库，整理起来才觉得有了一些分量，有了一些感慨，从而更加的爱惜。

对身边人的写作，特别对朋友刘成林的印象，我能欣赏而感叹的是：一旦友人圆桌，饮几杯，那种骨子里的浩荡之气，油然而生的朗诵："大风起兮云飞扬／威加海内兮归故乡／安得猛士兮守四方！"所以说刘邦的诗《大风歌》在我们的血液里流淌。

再说：李白的《将进酒》"君不见黄河之水天上来，奔流到海不复还。君不见高堂明镜悲白发，朝如青丝暮成雪……"我也常常沉思：我们这个民族的传统文化的根，就是诗歌。它的文脉在几千后仍是这样的生光，这种的活灵活现，可以说在人们的精神世界里，达到通灵、通神妙之气，从而通过我们的血肉之身、之容光、之口气、吐纳天地之气而再生。

所以，我欣慰我们现代人之精神和涵养。它能让一个从事文学写作的人，多年后，有一种境界的打开，刘成林的《我多想》："我多想／摒弃这副累赘的臭皮囊／将它毅然决然地抛向广袤的原野／济小草滋生／供野兽吞噬／回归自然／超然物外／随缘涅槃／只留下个不灭的心灯与心光／伴随着飘逸的灵魂／去游弋无际的苍昊……"

这样的浩然之气和悟性，让他的心灵达到福慧的佛境中，摒弃了人的世俗之气。这多么好的一种滋养。

从他的文集里，看到多年的勤奋和辛劳以及闪烁着的文采，秀气和细腻。如《我的母亲》中"这时，老天爷好像有眼一样，炽热的天空刹那间被乌云笼罩，乌云翻滚着，越聚越大，把整个县城都笼罩在它那黑色的怀抱。突然间，阵阵雷声携着倾盆大雨从天而降，大地瞬间变得一片汪洋，这也许是天意吧。上苍为之哭喊，天宇为之流泪，山川为之动容！慈母逝逢端午节，普天同悼懿德存！"

如：《遥远的红头巾》中"日落西山，月明星稀，缕缕炊烟弥漫在山沟里，两人都感到饥肠辘辘，于是仲春拉起秀芳，把红头巾给她围上，又帮她把头上的谷草拿掉，两人依依不舍地离开了。"

如：《桃花梦》中"她，经常留着一条长发，并且，除了头发根部扎着白色的花手帕外，其他的秀发经常自由的散落地垂到膝盖以下，从来不辫。到了老了，她的长发仍旧自由地散落地垂着，好像这就是她不服老的个性和标志。风儿一吹，潇洒飘逸。她的一生就像她的长发一样，潇洒飘逸。自由自在，无拘无束。"

这样的三段文字，我们不难看出作者的人生经验以及对美、对历史、对自然、对人物的塑造都达到一个传神和想象的空间。

又如：《遥远的红头巾》中"大概过了两个钟头，

队长喊着又开始割糜子。就这样，从早晨到下午，金灿灿的糜子躺了一地，像是撒了一地的金子，在夕阳的照耀下，金晃晃的，非常夺目。队长见女同学身体柔弱，就让她们干搂糜子、捆扎糜子的活。等割完后，大伙和女同学一起搂的搂，捆的捆，经过一天的劳动，这片糜子总算割完了。"

又如：《桃花梦》中"某年某月的一天，仲春又梦见贺青珍站在绚丽的须弥山上，身穿荷花图案的粉红色的连衣裙，腰间仍然系着两条打着蝴蝶结的翠绿色和嫩黄色的、长长的飘带，飞舞着。"

这样的两段：第一段展示的是我们农耕文化的原始场景以及那历史意义上的知青生活、劳动的美是鲜活的，也是弥足珍贵的记忆，当劳作在画面中生动地经历着，留存着让人性得到了最充分的安放。让辛劳得到了最欣慰的满足。

而第二段，作者把人物的塑造在华彩和神性意义上的展开，让人物形象得到最充沛的上升以及永久意义，不能消失的记忆的手法，也是作者成熟的一面，不免想到《红楼梦》的结尾描述。

今天，刘成林把多年的辛劳的成果，整理成集，是一种呈现，也是对他人生历史的一次有意义的总结。多么值得可贺、可喜的事情，同样，成为盐池文学史上的又一次留存，也是献给文朋诗友、亲情的一份深厚而珍贵的礼物。

是为序。

2015 年 6 月 14 日

自　序

　　我是一名文学爱好者，从小就爱好文学，喜欢看古今中外的各种书籍，特别是中国的古典诗词和散文，由衷喜爱。由此，对古典诗词的写作，即：格律诗词的写作，进行了认真学习和研究。最早看了 1962 年王力著的《诗词格律十讲》，1981 年林东海著的《诗法举隅》，对格律诗词有了初步了解。

　　后来又学习了周振甫著的《诗词例话》，席金友著的《诗词基本知识》和余浩然著的《格律诗词写作》等，对我提高格律诗词的写作起到了很大作用。原来写格律诗词总是在声律上左右摇摆，一会儿是古律；一会儿又是新律。后来读了余浩然的《写作》才明白了。

　　《写作》不但"去其糟粕，吸取精华"，而且具有创意。对诗词的骨架（平仄）、押韵、粘对、拗救有了新的认识，提出了"推平及仄""用韵上层楼""起、承、转、合"的格律诗章法，在格律诗词的声律上有了新的观点。即：现代人写近体诗词，在声律上应该运用普通话的声律，也就是《新华字典》上标注的"阴平、阳平、上声、去声"，不再沿用南朝时期周颙著的《四声切韵》和沈约、谢朓、王融、范云等人提出的"四声八病说"，开辟了现代诗韵。即：根据《新华字典》所注的声调：进行有机地归类，按十五个韵母分十五类，再按声调上分四声，总共得出六十类（15×4=60）韵部。并采纳"四声四元化"，使诗词的发声变得多样化，去掉了入声，丢弃了"四声二元化"，这就是余浩然说的"用韵上层楼"。这种分法，无疑说现代人写作古典诗词，使旧貌换新颜，既有古的风骨又有新的声韵，所有现代的人都能听得懂，因为我们说的都是普通话。一改过去那种听起来阴阳怪气、晦声晦涩的腔调。古代音律，现代人听不懂，也读不通，更难以写作。再过二十年、五十年，古代声律除了专门研究的人，恐怕销声匿迹了。当然，这是由于时代的不同，时代不同了，我们就换个思维。最主要的是：我们不是不沿用古代声律，因为现代全中国的人（包括少数民族和海外侨胞、同胞）从小就学的都是普通话（个别方言例外）。因此，我们无论写的诗词也好，其他文章也好，都得让人们听得懂，看得懂，所以，我们理应用普通话的声律。

关于格律诗词，闲来时，遇有灵感，随心命笔书写。因为古典诗词写景状物、抒情言志、寓理载道、精致凝练、抑扬顿挫，是文学与音乐的载体，同时，也是中国传统文化乃至世界文化特有的奇葩，它光彩夺目，绚丽无比，我特别喜爱。还有一个特殊的原因，那就是了解了中国古典诗词就了解了中国传统文化，了解了中国传统文化就了解了中国。

写格律诗词我有个经验，首先对要写的事物进行深入地观察和了解；其次，在此基础上进行构思，想多了，灵感就会冒出来；再次，有了灵感，提笔书写，写出来的不一定是严格的格律诗词，而是类似于古风；最后，再把"古风"按照格律诗的不同要求，进行律化或格式化。律化时，当然要按照现代声律进行律化。也就是对所写的诗的"平、仄、粘对、对仗、韵脚甚至白脚"等都要进行现代声律的律化，律化后，再按照"起、承、转、合"的章法进行整合和格式化，一首标准的格律诗就完成了。当然，这是从形式上说符合，但是，究其内容是否好坏，就由读者去评判了。

至于词的写法，没什么。词：一般都叫作"填"，即：填词。因为，词是按照词体（词牌）的词谱去填。词在古代是歌词，是用来唱的。现代指的"词"是脱离了词调的词，即脱离了音乐的词，是经过律化了的歌词。歌词一旦律化之后，就形成了现代的词。它和格律诗一样，成为独立的一种文学载体。它比格律诗在写法上好写，因为它不考虑平、仄、粘对、对仗、押韵等，只是根据个人的情绪选出的词牌的词谱去填，就行了。词与格律诗不同，它是长短句，跳跃性很大，有鲜明的节奏。可根据灵感的节奏（意义）结构去选择词谱。手里没有《词谱》，可根据熟悉的、背诵过的词去填。方法是：将熟悉的、背诵过的词的词谱，即：平、仄脱出来，再按照脱出来的词谱去填就行了。

至于诗与词的不同，"诗言志，词咏情"。诗开张在战国，盛于唐；词发于隋唐五代，盛于宋。诗：关乎功名利禄，世上风云，民间疾苦，铁马金戈，民族正气等，是主业；词：关乎鸟语花香，美人哀愁，河山锦绣，草木鱼虫等，是副业。诗主，词辅，词为诗余。诗之境阔，词之言长。诗刚直，词柔曲。从情意的表露程度上，诗显，词隐；诗男，词女。当然，这是根据诗与词的不同性质和形式上来说，词也有"怒发冲冠，凭栏处"的风格与诗同，一切都不能死板。

关于自由诗我也写点，但要有情，有心灵的感悟，不能无病呻吟。我看了好多所谓的现代诗人写的自由诗，华而不实，空洞无物，东一榔头，西一棒子，看来看去不知说的什么。总觉得有什么"奇妙"的东西，但是，整篇一看，连不起来，"牛头对不上马嘴"。自由诗比起格律诗词在形式上来说，最好写，它没有什么约束。但是，一首好的自由诗，是发自心灵的感悟；是将心灵的泪水和热血喷洒出来，让人们为之震撼。尤其是在语言的运用上，恰到好处。就像画家用写意法画出来的画样，主题鲜明，而且意犹未尽，绵绵流畅。写自由诗，最主要的是：要有主题，要有中心思想。由来由去，朦胧来朦胧去，尽是些华丽的辞藻，或"海市蜃楼"的意思，不知说的什么。虽说诗是语言的艺术尖端，是最精粹的语言艺术，但是，无论怎么，没有实质性的内容，就像一副华丽的衣架，没有肉，也没有灵。总的来说，它不及格律诗词，格律诗词精致凝练，内容丰富，赋予音乐感。从现实生活来说，从古到今，有几多自由体能流传后世。你比如："腹有诗书气自华。""诗书"指的就是古典诗词，再如："日月两轮天地眼，诗词万卷圣贤心。""诗词"也是指古典诗词，表达得多美、多么酣畅淋漓，不用说，流传千古，就是万古、亘古，都在人们的心中。有的人说格律诗词的条条框框太多，束捆思想，难以写作，我认为有了现代诗韵，就不难写了。同时，也正是有了这种"条条框框"才称得上是诗。高档的马鞍配骏马，精美的盒子装珠宝。低档的纸箱青菜一筐。

关于散文，我也比较爱好。这种文体形散而神不散，把握住"神"和"魂"，文章就有了生命的脉络。就像打太极拳，形随"意"走，拳和"气"行一样，自由自在，酣畅淋漓。散文是诗与词的扩展和延伸，特别是心灵的感悟和顿悟，虽然不押韵，但是，骨子里具有韵味，书写起来字字珠玑，能够深刻地表达事物的肌理，探求事物的真谛。散文是情的音符、情的歌声。简单来说，用一条线将"字字珠玑"有机地穿起来，有情的抒情，有事的记叙。一篇好的散文，在于立意、在于对生活的细致洞察，有了感情，有了怜悯之心，有了"普度众生"的、发自心灵的顿悟，提笔如江水滔滔不绝，一泻千里。

对于小说，以前不会写，因为"情"太浓，写出来像散文和作文，通过郭老师的指导，抓住了"情节""细节"，油然而生。小说是对生活的艺术概况，但是，也不能过分地"艺术"，要朴朴实实，即：真实地反映现实，但也不能"白话"和说话。毕竟它是艺术作品，要有浓厚的生活阅历，既来源于生活，又高于生活。阅历厚重，就有了创作的欲望。另外，小说：它是现实生活真实存在的多种事物的集中概况，是否定之否定后的终极表示，并且，应用艺术手法表达的符合真实生活的艺术典范。具体说，反映的是特定时期、特定环境、特定政治背景下人物的喜怒哀乐、悲欢离合、愁闷与希望以及不同的社会制度下人们的生活状况和政治取向的好坏。当然，无论哪个作品，理应反映时代的新声，维护正义，发挥正能量。讴歌称得上英雄的人物和优良的社会制度以及广大劳动者的生活，否则，写出来，也没有人看。

综上所述，是我这些年来对文学写作的一点粗略体会，说的不对的敬请谅解，写的不好的也恳请鼓励。因为我们这些"小人物"，没权、没钱、没势、没有地位，其作品无论写得好坏，很难引起人们的关注。不像一些大人物，名人之类的，书写几个歪歪扭扭的字，就能流传百世，而我们只能是：自叙、埋没、沉默。有位诗人说过："不在沉默中爆发，就在沉默中灭亡。""小人物"也有个性，就像我写的《盐池文人》那首诗：他们／却能够勇敢地战胜自我／冲破世俗的偏见／人们的冷嘲热讽／将心灵的感悟／胸中的热血和汗水／泼洒在这块土地上。写作，"大人物"能写，"小人物"也能写。那些成就后人，赞美新声、讴歌楷模、鞭笞蛀虫、唤醒人们良知的作品，理应公开让人们浏览。这里不分什么高低。正如我写的诗——《行走》：你不到大自然去行走／怎能懂得生活？同样，你不入文海诗洋／怎能懂得生活的真谛。我们孤独而寂寞地创作，为了什么？不是为了名和利，而是为了陶冶人们的情操，鼓励人们维护正义，发挥正能量而已。

生命是短暂的，来之不易，不求人生辉煌，只求无悔人生。自己没有来世，来世也没有自己，因此，为了家乡的繁荣和富强，写点有意义的东西。

目　录

古体诗词类

七　绝

七　律

古　风

词

自由诗类

对联类

散文类

除夕雪

除夕，浩浩荡荡的鹅毛大雪铺天盖地，恰似无数只白玉色的蝴蝶，互相追逐、互相嬉戏，漫天飞舞……

下了一天的大雪，到了下午才依依惜别。我站在六楼的阳台上，向远方眺望：晴空万里，素雅绝尘；心旷神怡，好不爽快！

盐州古城外的整个原野像铺了一层厚厚的、洁白的羽毛。远远望去，云洋雾海，波浪滚滚，滔滔不绝。

蜿蜒曲折的边塞长城，像一条银白色的巨龙，横睡在那里，仿佛正做着昔日那鼓角连天、金戈铁马的沙场之梦。

君不见隋明长城万里来，龙盘峰峦卧边陲；君不见墩堠烽台八百里，浩浩银汉横边塞。

长城边外，隐隐约约还能看得到的一座座连绵起伏的沙丘，像被蜡染似的，在西北风的呼叫下，头顶不时地撩起一缕缕轻飘飘的、长长的白发，呼啸着伸向无际的苍穹。

那一个个高纵入云的风电铁塔，被夕阳的余晖映照得恰似一把把光灿灿的利剑，在风的推动下，扭转乾坤，削云剁雾。

远眺西天——夕阳，缓缓地垂落在西山的峡缝里，映射出万道霞光，仿佛就在瞬息间，广袤的原野，幻化成一个奇特的琉璃世界。

城里城外，那一个个绿色的园林皆被素裹，像一座座银白色的宫阙。

回目近瞧，四四方方的盐州古城，恰似一块巨大的汉白玉雕砌而成的宫殿，在夕阳的照耀下——光华夺目，玲珑剔透。

街道两旁的垂柳树梢被冰雪包裹着，风儿一吹，摇摇摆摆的，好似根根玉柱在互相搏击——玲玲盈耳。碰落的雪花向四周散去，有的飘落到街道上，有的飞落在行人的头上、肩上，好像这些来来往往的行人在接受着某种天赐的洗礼。

各家各户的大人正忙忙碌碌地办着年货。小孩也不例外，有的噼里啪啦地放着鞭炮；有的手忙脚乱地滚着雪球。雪球越滚越大，不一会儿，一尊尊的雪人，胖乎乎地蹲在那里，活像个傲慢的武士。有的抓一把雪，向同伴扔去；有的干脆睡在雪地里，来回打滚，沾一身雪，贴一身雪花。嬉戏间，挂着一串串银铃般的笑声。

邻居家的大婶手里捏着饺子走出屋子，探头探脑地张望着院子，忽然，扯开嗓子喊道：

"孩子他爹！你看你那宝贝儿子，满身是雪。"张大叔忙从屋里探出颗肥胖的脑袋，张着厚厚的嘴唇，粗声粗气地吼道：

"小兔崽子，你给我回来——！你……"

还没等张大叔喊完，一只拖着长长尾巴的雪球

"啪！——"的一下，紧紧地贴在了他那肥胖的脸上。

小胖子一边跑着一边手舞足蹈地喊道：

"唱花脸，唱花脸，花脸公公是坏蛋！"

张大叔气冲冲地把满脸的肥肉堆在一起，恶狠狠地举起手中的东西，使劲地扔了出去：

"你这小兔崽子！"

随着骂声，那只来回翻滚的东西正好落在了小胖子的脚下。

小胖子低头仔细一瞧，紧接着，斜着小脑袋，上气不接下气地扯开嗓门：

"妈妈——爸爸拿饺子打人啦——！"

张大叔这才恍然大悟，胆怯地咧着厚厚的嘴唇，皮笑肉不笑地回过头冲着瞪着眼的老婆道：

"没——没……"

"没什么！还不快捡回来喂鸡。"

张大叔像接到军令，将双眼一眯，立刻应道：

"是！"

除夕的雪，赋予人们是新年的欢乐；赋予大地的是来年绿色的生机。它日草郁郁，一朵白云，一群羊。待到青青草，聆听牧笛声，这恐怕也是不言而喻的吧。

最值得一提的是：近几年在县委、县政府的正确领导下，在全县人民的共同努力下，经过退耕还林，植树造林；草原围栏，禁牧圈养以及引黄灌溉工程的实施，盐池县广大地区的植被有了翻天覆地的变化——皑皑白雪之下是蓬勃待发的茂盛草原。除夕的雪，赋予了它丰富的养料，待到春花烂漫时，绿色就会染遍整个大地。

"皑皑白雪兆丰年，习习东风焕物华"。"山舞银蛇今日乍消千嶂雪，云蒸霞蔚明朝开放无数花。"……一家一户的大门上的对联，无不印证一个"雪"字。

　　雪是水，但是，又不同于水。它从江河、湖泊、大海、大洋、大地上升腾，在蓝天白云中汇集、凝华。它将晶莹的肌肤化作朵朵浩浩荡荡的雪花，如千军万马荡涤着尘埃，它以弱小的生命在天地之间净化出一片无恙的世界。

　　雪，除夕的雪，它在新年与旧岁中诞生，又在新年与旧岁时降落，辞旧迎新——辞去了往日的不快，迎来了新年的欢乐。

　　雪，除夕的雪，待到明天春姑娘来临的时节，你将是大地母亲的乳汁，将孕育绿色的希冀，赐予人们芬芳的美酒和甘甜的果实。

我的父亲

　　我坐在沙发上，看着父亲留下的两本蓝色的文件夹，心里感到十分沉重。因为，这些发黄了的东西是十分难得的珍贵历史。我吹去文件夹上的微尘，将文件夹慢慢地打开，翻开那些尘封的历史，追忆过去的端倪。

　　首先，映入我眼帘的是父亲的生平资料。这些发黄了的生平资料，真实地记录了一些鲜为人知的事实。从这些事实来看：父亲的一生是革命的一生，光荣的一生，救死扶伤的一生，也是遗憾的一生。

　　父亲刘健德（幼名刘铁创），1928年9月28日出生于山东省菏泽县大黄集乡东赵村。父亲四岁那年，祖父就因病去世了。父亲跟着鳏寡孤独的祖母沿街乞讨，受尽了磨难。1939年初八路军一一五师的旅长杨得志率三四四旅挺进鲁西南的菏泽地区，此后，中共鲁西南地委迅速建立起了以曹县西北、菏泽西南为中心的抗日游击根据地。翌年的3月在菏泽县安陵集建立了抗日民主政府。父亲被一位叫宋理华的县长安排在政府当了一名通讯员。从那时起父亲就走上了革命道路，时年才十二岁。由于父亲勤快能干，很快被提升为勤务班长。1943年父亲被派往晋冀鲁豫军区五分区学习医护，并在此当了一名护理员，后来又升为护理班长。1946年8月又被派往豫皖苏四分区休养所当了一名调剂员。

1947年8月刘邓大军挺进大别山，在转战两个月里，部队没有粮食，担任调剂员的父亲，一边行军，一边采野菜，负责所里的后勤保障，由于父亲表现突出，1948年2月提升为豫皖四分区警卫营卫生长；同年的5月经所长刘亭歌、教导员郭长贵介绍，光荣地加入了中国共产党。

1949年4月任皖北军区警卫一团三营见习医生；1950年3月被送往皖北医科学校学习；结业后任军医。

在此期间，父亲经历了抗日战争，解放战争。在抗日战争中他还很年轻，跟随部队转战南北，救死扶伤，参加了多次大小游击战。1943年底，休养所被日伪军围剿袭击，部队北撤，留下两名伤员由父亲照顾。父亲把两名伤员隐蔽在老乡的家里，精心照顾，细心治疗，使两名伤员很快康复，重新走上了抗日战场。由于父亲在战斗中表现好，在山东鄄城县记功一次。

在解放战争中他已是青年，经历了五年的抗日战争的血的洗礼，他已经逐渐成熟。只要遇到大小战斗，他都勇敢地往前冲。不知救过多少伤员。让他记忆犹新的是：在一次战斗中，他冒着敌人的炮火冲到前线，将一位左腿被打伤的战友抬了下来，并送到后方医院医治。哪知，时隔三十多年，父亲到盐池县烈士陵园散步时，遇到一位老人在烈士陵园看门，父亲觉得面熟，就向他打听。老人说：他也是当兵的，在山东打过仗。

父亲说："您是不是负过伤？"

老人说："负过。"

"您左腿上是不是有个枪眼？"

"对呀！您怎么知道？"

"是我把您从战场上抬了下来的。"

老人激动地说："您姓……刘！"

"刘健德，豫皖四分区警卫营。"

"对！对！对！"老人感慨万千地接着说，"千军万马，时隔三十多年了，我们还能见面，真谢谢您。"

"都是为了革命，谢什么谢。"父亲握着他的手说。

"在山东的那次战斗，差点要了我的命。"

"这不，我们都还好好的吗！"父亲安慰地说。

这位老人不是别人，正是盐池县老红军、老八路：王富老人。

1950年抗美援朝战争爆发，父亲被派往中国人民志愿军后勤二分部警卫四团三营，任军医。同年12月"雄赳赳，气昂昂，跨过鸭绿江……"赴朝参战了。

从父亲留下的生平资料得知：他们刚入朝，由于部队对现代化作战经验不足，战士伤亡比较多。他们的职责就是抢救医疗伤员，有时情况紧急，人手不够，还担任护送任务，将重伤员送到祖国安东市（现丹东市）医院——草阿口医院和沈阳东北陆军总医院，进行抢救。

1951年6月的一天，团长刘顺率领有关人员巡查防空哨所时，一位名叫丁胜龙的战友头部被敌机扔下的炸弹炸伤，父亲接到命令马上背上药包前往出事地点。在途中，敌机又来轰炸扫射，父亲的左脚负伤，鲜血流了满地，父亲忍着疼痛，拖着负伤的脚，一步一步地赶到防空哨所时，丁胜龙战友已经昏迷，伤势严重，父亲立即对伤口进行了包扎处理，并打了强心针。随后又忍着疼痛把丁胜龙送到医疗大队进行抢救。等丁胜龙抢救苏醒后，父亲已站不住了，跌倒在手术台下。后来，丁胜龙在父亲的精心治疗下，很快康复了。他们在朝鲜战争中结下了深厚的友谊。1987年5月在哈尔滨工作的丁胜龙战友专程来到盐池县看望了父亲。

父亲在抗美援朝战争中除了抢救伤员，医治伤员，还给当地的朝鲜老乡看病。1951年8月父亲去连队看望战友，在路上遇到朝鲜老乡拦路，说他家有位病人请他去看病。父亲急忙赶到病人的家里，是拦路老乡的"阿爸吉"（爸爸）得了痢疾，身体十分虚弱，浑身无力。

父亲就给他打了针，开了药。临走时，朝鲜老乡说："可麻司米答。"（谢谢）还有一次，父亲正在吃饭，几位朝鲜老乡抬来了一位被敌机炸伤的"阿妈妮"（妈妈），父亲急忙放下饭碗，进行治疗。在朝鲜战争年代，父亲除了医治战友，就是朝鲜老乡了。

1952年5月，根据当时的战争需要，志愿军警卫四团卫生连被改编为志愿军医疗大队，驻扎在杨德市元里一带，并分为三个伤病区，父亲担任二区区长。当时前线的战斗非常激烈，父亲每天都要接收一百多伤员，医护人员不多，任务十分繁重，就在此时，父亲遇到了一位得力的护士，这位护士技术娴熟，与父亲配合默契，对工作勤勤恳恳，兢兢业业，从不叫苦叫累，整天埋头苦干，久而久之，他们产生了感情。要说这位女护士是谁？她就是我的母亲——周义芬（当时母亲是来自四川省川东军区医院参加抗美援朝的）。在工作中，他们互相关心，互相体贴，互相帮助，逐渐地产生了爱情。但是，在战争时期，部队上是不准结婚的。他们商定等到战争胜利后再结婚。

同年的8月份，父亲正在给伤员看病，突然接到上级组织的命令，命令驻扎在杨德市的医疗大队配合部队抢救由国内运来的粮食。父亲接到命令后，带领五名同志赶到指定地点，刚要往下卸粮食，就看到五六架敌机由东面带着刺耳的声音俯冲过来，父亲赶忙命令往坑道里跑，但是，为时已晚，敌机已开始扫射，李树森战友的胸部已受伤，父亲急忙上前去救，刚跑了几步，父亲的大腿就被打穿了。父亲顾不上疼痛，继续往前跑，来到李树森身旁，冒着敌机的炮火，先抢救他，等处理完之后，才给自己包扎。等敌机不见了，父亲忍着剧烈的疼痛指挥其他几名战士把粮食卸下，并送往坑道。

在父亲的生平资料中记录了"远山战役"的惨烈。当时志愿军与美军独立师展开了激烈的战斗，当双方的子弹都打完之后，志愿军与敌人又进行了长达40多分钟的你死我活的肉搏战。战斗结束后，送来的战士遍体鳞伤，有的没了耳朵，有的没了胳膊和腿，甚至有的肠子在外面吊着，脸颊上撕裂着一道道口子，个个都血肉模糊，分不清是谁。父亲和母亲忙完这个，又忙着那个，简直干不完，但是，他们并不觉得累，却觉得心痛。等忙完后，父亲躲到坑道里放声大哭，母亲听到父亲在哭，就上前安慰。

在抗美援朝中美军采用了多种杀伤性武器。有"定时炸弹""蝴蝶炸弹""三角铁炸弹"，甚至采用了惨无人道的"细菌战""毒气弹"和"燃烧弹"。但是，无论采用什么，胜利终究属于英勇无敌的志愿军和朝鲜人民。

在志愿军的饮食上，敌人想尽各种各样的办法予以断绝。炮火封锁、道路封锁、飞机拦截，甚至派敌特到后方搞破坏，放火、下毒，无恶不作。这就使得志愿军战士在饮食上得不到调剂，营养缺乏，有很多人得了"夜盲症"。面对这种情况，我军特请国内的营养专家杨恩孚、于树玉等来到朝鲜，配合防疫队的同志采集了近百种野菜，加以化验和试食，最后选出能吃且营养好的六十种野菜。营养专家将这六十种野菜绘成图谱，并印成小册子发到各伙食单位以供参用。下面就是我父亲经过整理的朝鲜野菜，略述以下：

马而扫都利（汉语：扁蓄菜）、行吐利（汉语：龙芽草）、炸古基（汉语：掐不齐）、杀木拉木儿（汉语：假芹菜）、卡西拉木儿（汉语：龙须菜）、门都而列（汉语：蒲公英）、多拉机（汉语：桔梗）、给儿掌拉木儿（汉语：车前子）、打几沙（汉语：沙参）、卡基拉木儿（汉语：夏枯草）……

有了这些野菜谱，有效地治疗和预防了志愿军官兵的夜盲症。

经过中国志愿军和朝鲜人民的卓越战斗，战争终于停止在了"三八线"上。战斗胜利了，朝鲜解放了。

1954年5月21日，父亲向组织写了结婚报告。5月28日身着黄绿色的志愿军军服，胸前佩戴金光闪闪的军功章的父母在团司令部政治处举办了隆重的婚礼。父亲感慨万分地说：我能在朝鲜国土上和战友结成伉俪，感到无比幸福。父母在朝鲜结婚后，生了哥哥和我。

停战后，父母一边医治伤员，一边参加朝鲜生产建设，帮助朝鲜人民恢复战争创伤。

1956年3月父亲被授予自由独立勋章、解放勋章各一枚；1957年7月因对伤员细心护理，受到工程第六团嘉奖；1958年2月被志愿军484部队荣记三等功。

在三年的抗美援朝战争中和五年的生产建设中，父母将青春和热血献给了抗美援朝的伟大事业。他们是："最可爱的人"（引自《谁是最可爱的人》著名作家：魏巍）。

1958年3月28日，父母随志愿军后勤二分部警卫四团（番号：7208）告别了朝鲜人民，带着我和哥哥返回了祖国。历时八年。离别时，朝鲜人民和志愿军互相拥抱，那种依依不舍的场景，感人肺腑，让人终生难忘。

回国后，为支援山区建设，1958年6月父母复员被分配到甘肃省宁夏盐池县人民医院工作。

在盐池县工作期间，父亲先后在医院当过党支部书记、文教卫生部当过副部长、县委宣传部当过副部长，一路走过都很顺利，然而，在史无前例的"文化大革命"中，由于派性斗争，却遭遇到了人生第一次灾祸。

时针返回到"文化大革命"那灾难的日子，即：1967年8月26日，城里到处传说："筹备处"（当时的造反派的一派）要来袭击盐池县。当时，城里的许多人家知道后都投奔了在农村的亲戚、朋友的家。我们在农村没有亲戚，父亲就带着我们全家到长城村的一位老乡家里躲避了一夜。第二天全家返回了城里。就是这一天（从父亲遗留下来的资料得知）：父亲和侯××、杨××等六人以及"指挥部"的武装排排长高××等人在县商业局院内聊天，忽然，县武装部代理部长雷××急匆匆地跑来，对他们说：高沙窝打来电话说："筹备处"冲过来的汽车他们没有挡住，你们赶快前往县城西北"307"国道的小桥上阻截。父亲和侯××、杨××等六人以及"指挥部"的高××等人拿着枪到了指定地点。刚到，从东边过来一辆拖拉机，父亲就让开拖拉机的陈××司机把车横着停在小桥上，目的是挡住汽车。司机照办了。这时，父亲看到城墙上有人，并且架有机枪。父亲和一起来的人趴下，不多时，由西面高速驶来一辆蓬着帆布的卡车。紧接着，突然听到城墙上传来一声枪响。随着枪响卡车停在了小桥的西侧，距离拖拉机有五十米左右。由于情况不明，父亲就叫喊：车上的人赶快下来，但是，车上的人没有反应。大概过了两分钟，从父亲的右侧跑来关××、周××等人，迂回到拖拉机的右侧，举枪向卡车射击。这时，城墙上和地面的人跟着向卡车射击，我父亲冒着生命的危险站了起来，拍着大腿高喊"不要开枪！不要开枪！"然而枪声仍在响。我父亲一个劲地高喊，嗓子都喊哑了。等枪声停下来，我父亲来到卡车旁，拉开车门，大人和小孩都负了伤。车厢上的人也或多或少地挂了彩。驾驶室和车厢里的人一共有七人。我父亲急忙让开拖拉机的司机把受伤的人送到医院救治。然而，两个小孩（一男一女）由于伤势过重死了，大人的腿上、胳膊上等处受了伤。

这就是轰动全县的"八二七"事件。当时我还小，看到父亲回来，嗓子都哑了，只是摇着头，上气不接下气地低声说："出……大事了，出大事了……"我们不知出什么事了，母亲就赶忙问："出什么事了？"父亲就把母亲拉到里屋小声嘀咕着什么。当时我们做晚辈的不便问。

翌年的9月15日父亲和城墙上开第一枪的任××被盐池县革命委员会保卫处逮捕了。在监狱里，"指挥部"的保卫处对我父亲严刑逼供，不是拳打脚踢，就是用绳子捆，捆得我父亲脸部都变成了紫色。特别是当时的县中队队长段××将我父亲的两根肋骨打断，硬逼着我父亲承认是他开过枪。我父亲强忍折磨，始终不承认。翌年的8月4日保卫处进行了公开宣判。开第一枪的人"坦白交代，认罪态度较好"，被判有期徒刑两年，而我父亲认罪态度不老实，被判处有期徒刑三年。

公开宣判的那天，人山人海。我父亲被五花大绑，弯着腰，从监狱里押了出来，鼻涕流了好长，我偷偷地溜到墙角边观望，心里好不难受。

就这样，一位参加过抗日战争、解放战争、抗美援朝的功臣，蒙冤入狱。当时母亲被错误精简，家里断绝了一切经济来源，没有收入，母亲就变卖了家里所有值钱的东西，供我们生活。后来没有变卖的东西，母亲就外出打零工。

在没有父亲的日子里，我们艰难渡日。特别是母亲受了不少罪。我和哥哥为了减轻家里的负担，到野外挖过甘草、拾过骨头、捡过野菜，在建工地里垒过砖头，以微薄的力量挣点钱，贴补家用。由于我们是"劳改犯"的家属，受尽了一些人的欺负。

1971 年 9 月父亲刑满释放，被安置在县制药厂工作，当了一名工人。在此期间，父亲十分的痛苦，也苍老了许多，但是，为了平反昭雪，父亲把冤痛压在心里，走访了当时的许多人，也写了很多材料。从父亲遗留下来的、后来得到平反的材料分析，有如下证据证明我父亲的确是被冤屈的：

一、当时正处于"文化大革命"之中，派性斗争非常激烈。我父亲属于"红反"一派；而另一派的当权者属于"指挥部"。也正是"指挥部"的保卫处，对我父亲在没有任何证据证明的情况下，进行了公开审判。把我父亲当成了"替罪羊"。

二、我父亲手里的 7.62 步枪是借当时的公安局马××副局长的，事发后，我父亲及时地把枪还给了马副局长，并要求他检查是否打过，马副局长检查后说：枪油还在，没有打过。

三、从弹道来说，死伤的人是通过卡车正面的水箱打进去死伤的，而我父亲是在卡车右侧的东南方向的地上俯卧，根本对不上。

四、和我父亲俯卧在东南方向左侧的侯××和右侧的高××都证明我父亲没有开枪。

五、从我父亲遗留下的当时的原盐池县保卫处（69）盐革保字第06号判决书上看，没有书写一条证据，证明我父亲开过枪。

鉴于以上有力证据，经过长达十二年的申诉，1981年7月我父亲终于接到了区高级法院刑事判决书（81）宁法刑字第19号："撤销原盐池县保卫处（69）盐革保字第06号判决。"平反昭雪了。1981年11月4日县委颁发了盐党发（1981）97号文件：给我父亲恢复了党籍，工资级别、工龄也连续计算。

然而，在这长达十二年的申诉的过程中，我父亲不知经历了多少困苦。小时候，我清楚地记得，有一次父亲手里拎着一根绳子，站在那发呆，我哭着赶忙把绳子夺了过来。

俗话说的好："纸里包不住火"，真相终究会大白于天下。

那些怯懦的人，那些编造事实诽谤他人的人，那些昧着良心害人的人，终究得不到好报。

在那动乱的年代；在那司法不健全的时代，"有罪推论"不知冤屈了多少人。

作为我们个人，这也是极其深刻的教训。那就是：遇事头脑一定要冷静，"三思而后行"，不要盲从。

平反昭雪后，我父亲被安置在县防疫站工作。工作期间，他任劳任怨，兢兢业业，每年不是被评为先进、优秀，就是被评为劳模，出席了县、市、区的大小表彰大会。我小时候记得有一次父亲去乡里搞防疫，骑着自行车，一不小心栽进很深的沟里，昏迷了好长时间，才被一位放羊的老乡救起，并赶着驴车将他送往县医院。我们听说后，赶到医院，父亲仍在昏迷之中。

1988 年我父亲光荣地离休了。离休后，我父亲也没有闲着，还担任县爱委会的工作，经常带领同事，检查环境卫生，直至 1997 年 4 月 7 日病逝，享年 69 岁。

我父亲 1940 年参加革命至 1988 年离休，为党为人民贡献了四十八个春秋，其间还受了牢狱之苦；1988 年至 1997 年安度晚年才仅仅九年的时光。也就是离休安度晚年的时光与参加革命工作相比才百分之十八呀！多么短暂啊！多么惋惜！多么让人心疼！多么遗憾啊！

我父亲病逝后，县委、县政府有关领导前来吊唁，并致了悼词，对我父亲的一生做了公平和很高的评价。后来我们遵照父亲生前的嘱咐，没有大操大办，也没有念经，将父亲埋葬在了公墓，和祖母葬在了一起，并且，竖立了一座高高的碑塔。将父亲革命的事迹和那灾难的缘由铭刻在了碑后。

下面是父亲的战友——宁夏音乐家协会副主席范二水叔叔邮寄来的诗稿，摘录如下：

菏泽子弟刘老兵，转业来到花马城。

无论从医或从政，宁夏山川留美名。

健德自幼家贫穷，随母乞讨难谋生。

人民救星共产党，领导穷人闹革命。

健德人小志气宏，跟着党走方向明。

反对封建与压迫，"扫除一切害人虫"。

日寇侵华起战争，健德尚是一孩童。

爱国学习岳飞将，驱逐日寇打先锋。

自卫战争炮声隆，健德请缨又出征。

驰骋边区冀鲁豫，渡江解放南京城。

志愿军的骨头硬，著名战役上甘岭。

英雄坚守马良山，东西海岸战金城。

任劳任怨好作风，建设盐池思想红。

刘军医啊刘老兵，奖章闪闪挂满胸。

业绩千古永不朽，人民功臣人民敬。

　　看到父亲战友发自肺腑的诗，做儿女的我不由得潸然泪下，赋词——《西江月·颂父》一首：以告慰父亲在天之灵。

十二戎装别母，
硝烟万里征途。
一腔热血保和平。
何惧横尸夷土。

解甲杏林高手，
降魔祛病山区。
忠心赤胆为人民，
不待青史万古。

我的母亲

记得，2012 年 6 月 23 日，农历的五月初五，端午节，夏至刚过。楼外的天宇，烈日当空，阳光普照，朵朵白云被炽热的太阳烘烤得雪白、雪白的，像盛开的朵朵棉桃。

我由阳台转身来到母亲的病榻前，半跪着仔细地端详着病重的母亲。母亲满头白发，蓬松而酥软。胖胖的脸盘儿失去了往日的血色，显得苍白、苍白的。母亲侧卧着身体，双目微闭，呼吸短促，隆起的身体不时地颤抖着。母亲从早晨吃了几勺稀饭后，始终昏睡着。我瞧着母亲，心如刀绞，无力回天。看着母亲，我情不自禁地想起了母亲的过去。

母亲出生于 1933 年 9 月 18 日，重庆市巴南区渔洞镇，姓周名义芬。听母亲说，由于家里贫寒，她从十一二岁就给地主富农家当保姆，除了领小孩，还有干不尽的家务活。一有不顺心的事，地主富农就拿她出气，不是打骂，就是不给饭吃，受尽了磨难。1950 年祖国刚刚解放，朝鲜战争爆发，母亲不甘屈辱，响应党和国家的号召，毅然决然地参加了中国人民解放军，隶属川

东军区司令部。光荣地成为一名解放军战士，当年她才十七岁。后来在部队经过培训学习，成为军队护士。同年 12 月改编为志愿军，隶属志愿军后勤司令部二分部警卫四团三营，赴朝参战。

母亲一共在朝鲜待了八年，前三年为战争时期，后五年为帮助朝鲜人民恢复生产建设时期。在战争时期，母亲随军队一直战斗到"三八线"（朝韩边界）。

听母亲说：头三年的战争时期，最艰苦。白天敌人的飞机像苍蝇一样飞来飞去，狂轰滥炸，无法行军，基本上都是夜晚行军。夜晚行军也不安全，敌人的照明弹一个接一个，把大地照得透亮，她们只有小心翼翼地往前走，有时候爬进山洞里、山沟里、炸弹坑里躲着。这些山洞、山沟和炸弹坑里尽是些来不及送走的死人的尸体，活人和死人一待就是一夜。

有一次敌人的飞机被我军击落，母亲和几个战友跑过去观看，残缺的飞机冒着黑烟，飞机的机舱里斜躺着一个美国飞行员，人已经死了，大鼻子，长脸，手背上全是毛，这是母亲生平第一次见到的美国士兵。还有一次，母亲来到兵站，夜晚值班，发现一名敌特趴在墙上破坏电线，母亲大声叫喊："抓敌特啦！抓敌特啦！"吓得敌特急忙

跳下墙跑了。

在前线救治伤员时，有一次母亲和几位战友接到命令，冒着激烈的炮火，左闪右闪地、连爬带滚地到达高地，看到一位躺在战壕里的战士，肠子都被打出来了，愣是用碗捂着，不下战场。在母亲和战友极力地劝说下，才勉强用担架抬了下来。

母亲说像这种情况多得是。有的腿都炸飞了，仍旧往前爬，她们只能冒着敌人的炮火追了上去，硬是把他们抬了下来。尤其是"上甘岭"那次战斗，打得非常激烈，母亲听战友说：他们为了救伤员，冲了多次都没能冲上去，整个山顶都被炸平了。等战斗缓和后，他们上去一看，那个惨烈，满山遍野都是敌我双方的尸体。走进洞里，臭气熏天，难闻极了，多半是战友的尸体，剩下的也都负了伤。母亲说：在治疗时，有些战士在昏睡中还"杀！杀！杀！"地喊个不停。

战争是残酷的，有些战士治愈后，又重新返回战场，而有些永远地长眠于异国他乡。母亲常说，她们这些活下来的人是很幸运的。

停战后的五年里，母亲说基本上是医治志愿军、朝鲜人民军和老百姓的病。有时也帮助朝鲜人民恢复生产建设。

1954 年，经历了无数次战斗的母亲，和一位参加过抗日战争、解放战争，同时又参加了抗美援朝的老兵——刘健德，我的父亲在朝鲜结婚，成为亲密的战友和伴侣。翌年生了哥

哥。哥哥在朝鲜待了两年。我是 1957 年 4 月 14 日在丹东兵站里出生的。听母亲说我也在朝鲜待过。1958 年父亲和母亲带着我和哥哥返回祖国。

回国后，为支援山区建设，父母复员被分配到甘肃省盐池县县医院工作。

在回国时，母亲先是带着我和哥哥回了一趟重庆老家，看望了久别的亲人。后来，母亲接到父亲的通知，背着我拉着哥哥由重庆上了火车来到了甘肃省兰州市。到了兰州，母亲一分钱也没有了，母亲把情况反映给当地的军管会，军管会给母亲借了二百元钱，又将我们送上了火车，从此，我们一家人在盐池县定居了。

母亲在县医院当护士，由于母亲经历了长期的战争，得了贫血病，每每上夜班时睡不着觉，头昏脑涨（这可能与她在抗美援朝时长期夜晚行军有关），就给院领导反映，领导不同意调换，正巧在医院当书记的父亲被派往北京学习，又遇上实行精简政策，母亲无奈地被错误精简（这是母亲一生中最大的遗憾）。一名参加过抗美援朝的老兵，并被县委正式吸收（见盐民人字［1960］599 号《盐池县人民委员会关于吸收干部的通知》）为干部的母亲，却被无情地精简了，母亲依依不舍地离开了工作岗位，回家当了一名家庭妇女。待父亲从北京学习回来后，事情已成定局。

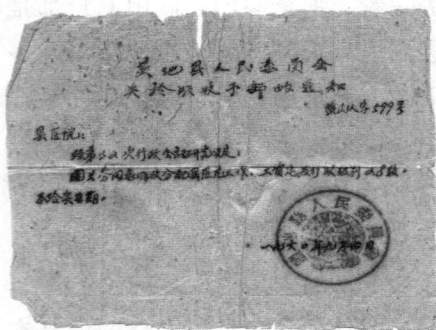

对母亲的这段历史，我们长大后，始终都感到很纳闷。因为，不论从政策上讲（母亲的实际情况与精简政策对不上号），还是从个人感情上来说（当时父亲是医院书记），都是行不通的。但是，母亲的确被精简了。后来我追问母亲，才得知：是母亲给当时的院领导提意见，院领导出于打击报复，趁父亲去北京学习不在的机会，才被精简的。然而，这些都是尘封的历史，已说不清了。

　　在那个时候，妹妹刚出生不久，又赶上"低标准"，一家五口人拮据渡日。这还不算什么，最惨的是遇上了"文化大革命"。当时父亲因"八二七"事件，蒙冤入狱，家里断了一切经济来源。母亲无奈地变卖了家里所有值钱的衣物，以维持家里的生活。最让我记忆犹新的是：母亲拉着我去农业银行，把仅剩的由部队所发的，一直舍不得花的几块银圆变卖了。当时我还以为我们家里有多少钱，哪知它是父母用热血和生命得来的宝贝啊！当家里没有什么可变卖的东西时，母亲就把我们托付给邻居，外出打工。她先后在食品公司洗过羊肠，药材公司切过甘草，北皮厂缝过皮子。

　　尤其在北皮厂缝皮子，使我记忆犹新。那时，我不放心母亲，偷偷的一个人去了北皮厂，当时是冬天，我悄悄地掀起门帘：只见里面是个大场房，场房的中央摆着长长的桌子，桌子上放着杂七杂八的碎皮。母亲和几个妇女站在那缝皮子。母亲虽然针线好，但是，对缝皮子的活儿还是头次。皮子又硬又涩，掌握不好，不是扎进了皮子，就是扎进了指头。我站在那不止一次的看到母亲把针扎在了指头上。因为缝不了几针，母亲就抖一下身，然后用胶带裹一下。那血把胶带都染红了。这一针针像是扎在了我的心里，我站在那儿心都快要碎了。回到家里，母亲的手指头肿得像根葱。我对母亲说："不干了。"母亲却说："干得多了，就知道了。"

母亲无论是在食品公司臭气熏天的场房里洗肠子也好，还是在药材公司的院内顶着酷暑切甘草也好，还是在北皮厂里忍着剧痛缝皮子也好，都未曾抱怨过。但是，就是这样，母亲无论干什么工作，时间都不长，因为母亲还背着"劳改犯"家属的罪名，哪一个单位都不敢长期雇用。因为这个，母亲不知偷偷地流了多少眼泪。

值得感谢的是，在这期间，和父亲一同复员的战友听说后，尤其是吴忠的冯叔叔、银川的谭叔叔给我们送过煤炭、大米，我们由衷地感谢！但是，这都是杯水车薪。由于生活窘迫，母亲多次向县委、县政府反映情况，才被安置在县饮食服务公司工作。这一安置虽说给我们解决了生活困难，但是后来却给母亲带来了许多遗憾。首先由一名革命干部的身份，转变为企业职工。从现在来说，其待遇、收入远远低于原来干部身份的待遇。在该公司工作期间，母亲当过副食品店售货员，饭店厨师。特别是在饭店工作期间，凌晨五点半就要上班，背炭生火，洗菜刷碗，发面蒸馍，白天更是忙个不停，一直工作到晚上十一点钟才回家。回到家里，母亲已经累得筋疲力尽，还要熬夜为我们缝补衣物。

母亲将每月所赚的微薄收入全部用来供养我们的生活和上学，很少用来给自己添补衣物。自己的衣服补了又补，缝了又缝。哪怕生活再艰难、再困苦，母亲都有一个信念，一定要把我们抚养成人。就这样，日复一日，年复一年，母亲自己却熬下了一身的病。直到1981年7月父亲平反昭雪后，家里的情况才渐渐有了好转。经过多方反映，母亲也落实了政策，其工龄恢复至1950年参军时，但是，母亲的身份却仍然是企业职工，1985年母亲光荣退休了。

特别值得一提的是：母亲在单位工作期间，对工作兢兢业业，任劳任怨，没有叫过苦，也没有叫过累，更没有喊过屈。默默奉献，无怨无悔。她从未向任何人提起过她参加过抗美援朝的事，也从未以一个参加过抗美援朝战斗的功臣自居，充分体现了一个做军人的本色。

退休后，母亲没有什么爱好，就是操持家务，看看小说。特别是在父亲病重时，为了不耽误我们的工作，基本上都由母亲一个人照顾病重的父亲，直至1997年父亲病逝。父亲安然地去了，但是，母亲却因劳累过度，患上了严重的糖尿病并伴有心脏病。为了母亲安度好晚年，我将母亲接到家里，由我和妻子主要照顾母亲的生活。哥哥和妹妹为了母亲的晚年生活也出了不少力，母亲晚年的生活是比较幸福的。就是有时候，每当县上有重大节日慰问老干部时，我们做子女的心里有些抱怨。母亲是一位革命军人，并且是我县唯一的一名抗美援朝女战士，就是没有有关单位慰问。有时我们情不自禁地给母亲唠叨，而母亲却严肃地说：参加过抗美援朝的人成千上万，领导能看过来吗？后来，我们背着母亲向有关部门多次反映，在母亲尚未去世的第一年，县民政局和老干部局分别慰问了一次，仅一次，母亲就感动得热泪满面，颤抖地说："领导还记得我。"

同年的 6 月 9 日 9 点多，哥哥打来电话说：母亲不慎在家里摔倒。在外面的我，急忙跑回家，和哥哥及时地把母亲送到医院拍片子。医生说从片子看，没有骨折，就是骨质疏松，于是我和哥哥将母亲拉了回来。母亲摔倒的前两天还好，但是，由于年事已高，两天过去后，一天不如一天了。到了第四天人就不能自理了，全靠家里的人服侍。为了照顾好母亲，我们兄弟姊妹、嫂子、妻子白天夜晚轮流服侍。为了母亲方便，不去卫生间，我从市场买回坐便椅，放在母亲的床边。然而，母亲的身体每况愈下。妹妹和嫂子又去医院找来内科大夫看。经过抽血化验，各项指标都超出了正常指标的六七倍，有些甚至超过了十倍之多。医生说母亲多年得糖尿病，很可能造成肾衰竭。全家人服侍母亲到 6 月 23 日早晨，母亲勉强地吃了几勺稀饭，就再也没有起来。

　　当日的一点多，我端详着病榻上的母亲，思绪万千，每每不能平静。我慢慢地走了出去……不一会儿，妻子从屋里跑了出来，拿母亲的老衣。我赶紧跑了进去，只见母亲微微地张了张嘴，过去了。我哭喊着母亲——妈妈！妈妈！妈妈……妹妹万分悲痛地和嫂嫂、妻子急忙给母亲穿老衣，此时，时针指向二点整……

　　这时，老天好像有眼一样，炽热的天空刹那间被乌云笼罩，乌云翻滚着，越聚越大，把整个县城都笼罩在它那黑色的怀抱。突然间，阵阵雷声携着倾盆大雨从天而降，大地瞬间变得一片汪洋，这也许是天意吧。上苍为之哭喊，天宇为之流泪，山川为之动容！慈母逝逢端午节，普天同悼懿德存。

　　母亲一生喜欢安静，也不信什么鬼神之类的。她曾嘱咐过我们，去世后不要大操大办，一切从简。我们遵照母亲的遗愿，按照当地的习俗，将母亲埋葬在公墓——父亲的墓旁，并且，竖立了一座高高的碑塔，把母亲一生的革命事迹和功德，铭刻在碑后，千古流芳。

这就是我的母亲，一位有过光荣革命历史的母亲；一位坚强而慈祥的母亲；一位为了儿女健康成长，付出了一切的母亲；一位从不计较个人得失和荣耀的母亲；一位值得儿女们骄傲和永远怀念和学习的母亲。

母亲啊！您为我们受苦了，您的恩情比海深，比天高！江河之滔滔兮，其情永不绝；山川之遥遥兮，其恩恒不断；慈母音容永不朽，懿德风范垂千古！母亲您一路走好！如有来世，我们仍做您的儿女。

为祭奠母亲，悲痛欲绝的我，题《西江月·颂母词》一首，以达怀念：

> 碧玉戎装别蜀，
> 英姿飒爽征途。
> 援朝抗美媲丈夫，
> 何惧马革夷土。
>
> 解甲白衣天使，
> 熟知精简为厨。
> 心中有怨尚辛苦，
> 寸草丹心万古！

感悟人生

　　当一个鲜活的生命由母体内呱呱坠地，他或者她，便开始了人生。人生是生命的必然过程，在这个必然过程的起点与终点间，是一条铺满荆棘与鲜花的生命旅程。任何活着的人，哪怕是无所不能，称霸一方的帝王或者达官显宦；才华横溢的哲人或者黄土地上默默耕耘的农夫；或者位卑身贱四处流浪的乞丐，一句话，高尚的、卑微的；做官的、无官的；健康的、残疾的；拥有万贯家财或者一贫如洗的，都将会永恒地、自觉地遵守着时间的唯一性，必然地经过这条铺满荆棘与鲜花的生命旅程，到达他情愿或者不情愿的、永久的、无声的世界。

　　我们不因必然地到达那个永久的、无声的世界而去藐视人生，也不因必然地离开人世而感到凄凉和无耐。自然界里的一切事物的固有形态，无论是有机的或无机的，随着时间的推移，都将会消亡。只有过程，才会显现出生命的存在；只有过程，才会创造出另一个璀璨的生命。这好比一颗流星掠过天际，它将整个躯体和生命化作一道耀眼的彩虹，过程是何等的短暂，但是，它美丽而壮观；这又好比在那苍茫的荒野里，一束鲜花，哪怕是一小朵鲜花，在那里亭亭玉立，这个荒野就会显得格外的生机勃勃，富有生命。

人，只有赋予了丰富多彩的人生，生命才会有价值，旅程才会感到莫大的欣慰。

屈原仰天长笑感悟人生"路漫漫兮其修远，吾将上下而求索"；李清照以铁血男儿的气概感悟人生"生当作人杰，死亦为鬼雄"；文天祥面对死亡感悟人生"人生自古谁无死，留取丹心照汗青"；毛泽东在青年时代就感悟人生"自信人生二百年，会当激水三千里"。《钢铁是怎样炼成的》主人公保尔在他生命的最后一刻写道："人最宝贵的东西是生命，生命对于每个人来说只有一次。人的一生应当这样度过，当他回首往事的时候，不应虚度年华而悔恨，也不应碌碌无为而羞愧。这样，在他临死的时候，能够说：我整个的生命和全部的精力都已献给了世界上最宝贵的事业——为人类的解放事业而斗争。"这些感人肺腑的诗篇，不正是感悟了人生，感悟了人生的真谛，感悟了过程赋予生命的伟大。

的确，人生不乏有碌碌无为、纸醉金迷、行尸走肉的人，他们的人生也是一个过程，但是，这个过程是极其灰暗和腐朽的。不是虚度年华，枉来一世，白白地浪费了生命，就是赋予了这个过程以罪恶、以耻辱。荒芜过程，亵渎生命，使得过程、生命的存在是以毁灭他人的生命、他人的幸福生活为代价，妄图使历史前进的车轮倒转；他们徇私枉法，贪污腐败，是何等的卑劣，以致使生命的花蕾凋谢，生命的火花泯灭。使光彩的生命背上了永远无法解脱的窘况。

生命是短暂的，面对茫茫宇宙，只不过是沧海一粟；生命又是永恒的，她所放射出的光芒和孕育出的美好事物，呼应于永远的时间与空间。有的人活着，他却早已死了；有的人死了，他仍然活着！

"人生不作安其生①，醉入东海骑长鲸"。感悟人生，旨在感悟生命过程中所创造的有益于生命存在、延续、发展的辉煌成就；旨在感悟生命过程中所探求的未知领域里的真谛乃至宇宙的奥秘。我们回顾过去，旨在将来的辉煌与伟大，我们回想昨天，是企盼明天的灿烂与幸福。当一个生命结束，当一个过程终止，留下的理应是无穷的力量，无限的追求，无尽的眷恋与不朽。

①安其生：传说是秦始皇时隐居的仙人。出自陆游《长歌行》意思是：人不要像安其生那样做个隐居的仙人，而要为国家干一番轰轰烈烈的事业。

邻居家阿姐的死

朦胧的月儿高高地挂在静悄悄的夜空里，它仿佛失掉了魂魄似的酣睡在高高的蓝天中。

在它的四周，群星衬着它的光色，好像也蒙上了一块朦胧的灰色绸布。但是，这些蒙上了绸布的群星并不像月儿那样呆木，它们不时地闪耀着、跳跃着，以至挣脱宇宙的束捆，用生命的代价在寂寞的天宇中划出一道道耀眼的光亮。

我，独自一人坐在可怕的荒冢里，或者，准确地说，坐在邻居家阿姐那圆圆的、尖尖的、裹着失去了生命躯体的坟墓旁边，昂着头，瞧着这夜空中的情景。

"唉——！天空上的星星，看上去是多么美丽，当它用生命的火花划过天宇时，一切都不复存在了，就像人死不能复生一样。"我默默地念叨着。但是，邻居家阿姐那美丽的身影时不时地出现在我的眼前。

"小春！你怎么一个人坐在这？你爸妈呢？你饿了吧。"随着亲切的问候，阿姐拿出一块水果糖，递给我。

"小春——！慢点跑，快到家了……"

"小春——！来我家玩吧。"我每每想起和阿姐在一起的时候，就感到十分的快意。然而，如今阿姐静静地躺在这冰冷的土堆里，我再也听不到往日那亲切的呼喊声。

我环视四周，尽是些长满杂草的大小坟墓。坟墓里埋的是死人，太可怕了。黑暗中我忽然感觉到，他们披着乱发，裸露着牙齿，伸着长长的双臂，上下、左右舞动着向我抓来，似乎在向我索命。我赶忙揉了揉眼睛，四周没有了动静，只有晚风吹动着野草发出"嘘——嘘——"的声响。就在这时，我仿佛听到：

"救命啊——！"一声女人的惨叫，我惊了一下，猛地站了起来，准备……

"咦——"四周又没动静了。我望了望天空，还是那颗呆木的月儿和闪耀着的群星。

我抖了抖身子，壮了一下胆子，刚要往下坐，一个飞速的念头很快从我的脑海里呈现出来：

"那是阿姐的声音。"我身边就是阿姐的坟茔。这声音仿佛是从坟茔里传出来的。我慌忙转过身子，又瞧了瞧阿姐那圆圆的、尖尖的坟茔，一股子酸溜溜的滋味猛地一下涌上了我的心头。

那是一个星期前的中午，凤城市的天空，万里无云，阳光普照，天气显得特别的闷热，黑黑的柏油路被晒得像嚼满了水的海绵，人们大都往阴凉处行走。就在这时，从棉纺厂家属院里，突然跑出来一位披头散发的年轻女子。那时，我正在家属院的大门口玩耍，只见年轻女子，用左手紧紧地捂着右腰，右手不停地在空中摆动，嘶声裂肺地大声喊道：

"救命啊——！救命啊——！"话音刚落，紧接着一位男人挥舞着血淋淋的刀，从年轻女子跑出来的大门口追了出来，只见他满脸横肉，光着膀子，脚上没有穿鞋，像饿狼一样，扑向年轻的女子……一刀又一刀地疯狂砍杀，此时，躲在阴凉处行走的人们，纷纷地拥了过来，围了一圈，我也赶忙由人群的缝隙钻了进去。

那位男人还在继续砍杀，周围的人们无动于衷，不一会，年轻女子倒在了血泊里……

我瞧着躺在血泊中的年轻女子，觉得很眼熟，不由得往前走了几步一看：原来是阿姐，是我朝夕相处的阿姐，我顿时觉得怒向胆边生，高声呼喊：

"叔叔——阿姨——我求求你们，救救姐姐……"人们仿佛被钉子钉在那，一动不动，麻木不仁。我又带着哭腔吼了几声，人们这才叫来警察，把阿姐送到医院，然而，一切为时已晚。

我坐在阿姐的坟茔旁，回忆着那天所发生的事。我恨我自己年龄小，没有能力，可是周围的人们呢？一个个冷冰冰的，让人感到气愤和窒息。

我坐在姐姐的坟茔旁，望着西边逐渐而落的月儿，转身向着东方发白了的方向走去……

求 药

记得，那是四十多年前的秋季，在我的家乡发生了一桩离奇的怪事。

那天傍晚，我站在城墙上玩耍，偶然扭头看见城北方向的大墩墚上，一簇一簇的小火堆，星星点点。没有过多时，整个大墩墚上到处是火堆，横着铺满了大墩墚，远远望去就像是一片火海。借着月光，再往城下看：城里的老大爷、老妇人们个个手里提着盛满香火的篮子，纷纷地向着城北方向的大墩墚涌去。那时，我正处于少年时期，感到好奇，就由城墙上下来，也跟着人群往城北方向的大墩墚走去。

此时，明亮的月儿高高地挂在东方的天宇中，周围的群星一闪一闪地眨着眼睛，好像在疑惑着什么。

我趁着月光清楚地看见，在我的身旁走着一位六七十岁的驼背老人，只见他步履蹒跚，满脸全是皱纹，像千年的松树皮。

老人手里提着用柳条编制的篮子，篮子里面放着小麻纸、香和雪白的馒头等。老人吃力地向前走着，边走边向北墚上瞧着什么。我看着老人的模样，不由得问道：

"老大爷，你们这是干什么？"老人听见身旁有人问他，不慌不忙地回过头，翻了翻眼皮，看了看我，没吭声，低着头，专心致志地向前走。我觉得老人神秘兮兮的样子，更加感到好奇，紧跟着向大墩墚走去。

不大一会，我们来到大墩墚上，只见眼前点着一簇一簇的小火堆，小火堆前用沙子堆着小沙堆，沙堆上面插着几支冒着烟的香。老人们一个一个撅着屁股，趴在地上，有的默默地合着双手，有的虔诚地叩着头，不知在祈祷着什么。那时，我还年轻，不懂这些。但是，我知道：大墩墚是公墓，埋死人的地方。今天不知是什么节日，人们纷纷地到这里跪拜。我往身后一看，驼背老人已经跪在地上，我也好奇地来到老人的身边。只见老人伸出一双满是老茧的粗糙的手，把篮子里的纸钱小心翼翼地一张一张地撕开，放在眼前后，又堆了一堆小沙堆，颤巍巍地把香点着，插在小沙堆上。接着从篮子里面拿出一个雪白的馒头，供奉在小沙堆前，并且又从篮子里面拿出用红纸叠成的小盒子，慎重地放在小沙堆旁。老人一边烧着纸钱，一边祷告着什么。我悄悄地蹲下听到：

"七仙女，听说您老不屈尊贵，腾云驾雾，来到凡间，是为了给天下良民扫除病魔，降济良药，以治病患……我今年七十有二，从小得病，直不起腰，走了好多地方，看不好，望您降济良药……"

原来是这么回事。我心想。

老人祷告了一番后，紧接着叩起头来，过去二十来分钟，老人吃不消了，稳稳当当地趴在地上。圆圆的脊背，看上去，好像是倒着扣了一口锅，活像一只大海龟卧在那里产卵。

我环顾四周，除了这位老人，大多是上了年纪的妇女。

此时，秋高气爽，一轮明月高高地挂在天宇，群星闪闪地发出璀璨的光亮。而此处，到处都是一簇簇小火堆，小火堆在晚风的吹动下，闪闪发光，仿佛与天上的群星连成了一片，天地间，只有火和光。人们在火和光的陪伴下，争着为自己祈祷着什么。

过了会，老人爬了起来，用颤抖的手拿起雪白的馒头，掐着往地上散，散完后，颤颤巍巍地拿起红纸盒，瞧了瞧，顿时，露出了满脸的笑容。此时，老人的脸上挂满了泪水，泪水由皱纹的缝隙流到了胡须上。老人满脸的愁绪全消了。我心想，老人求到了"药"。于是我好奇地急忙把头伸过去瞧，可是老人已经叠好装在了衣兜里。老人颤巍巍地站了起来，双手合十虔诚地拜了拜，转身向城里走去。

这时，天已经黑了，其周围的小火堆，也逐渐地熄灭了。我感到瘆得慌，紧随着老人刚要往下走，忽然：

"七仙娘娘——！我求求您，救救我这个苦命的丫头吧！……"几声撕肝裂肺的哭声把我止住了。于是我朝着哭声的方向走去。

不一会儿，我由哭声引到一个大沙包前，只见在大沙包下，点着一堆火，一堆火的旁边跪着一位披头散发的年轻女子。我悄悄地爬到大沙包上往下看：只见年轻女子一边哭喊着，一边往火堆里扔纸钱。火光映红了姑娘的脸盘。这是一张瓜子脸儿，美丽的大眼睛噙满了泪水，一头披肩的散发在晚风的吹动下，伴着火光飘来飘去，似乎像伸直了的人的手掌，舞动着向空中抓着什么。此时，火更旺了，姑娘的脸盘儿映得通红通红的，像雨中盛开的桃花，泪水布满了通红的脸蛋。两片红彤彤的嘴唇也不停地抖动着。她，身穿蓝色花布衣衫，不知怎么，胸前的衣襟被撕破，中门大开，一对白皙而坚挺的乳房裸露着，在火光的映射下，红晕而光华。

"我叫喜梅……我心爱的人叫柳生，我俩从小在一个庄子……他喜欢我，我也爱他……他善良，勤劳……我们经常在一起劳动，他帮我，我帮他……可到了今天，父母就是不同意，硬要把我嫁给公社社长的瘸腿的儿子当媳妇……七仙娘娘，您救救我，我该咋办……"姑娘一边诉说着一边哭着。

我静悄悄地趴在大沙包上听着瞧着。只见姑娘从衣服兜里拿出一叠纸来，双手颤抖地端着、瞧着。不大会，突然，使劲地扔进了熊熊燃烧着的火堆里，并且，哭喊着：

"柳哥——！喜梅我对不起你……你别恨我……是我不好……你把我忘了吧……这些往来的书信就让它化为灰烬吧……"姑娘像疯了似的抓扯着上衣，裸露的乳房抖动着。在晚风的吹动下，散乱的长发不时地飘舞着。

我听着瞧着，懵懂中觉得她好像有男人了，可能是家里不同意，遇到七仙女下凡，在此求助。火越烧越旺，眼看就要烧到姑娘了，我不由得大喊：

"哎——！姑娘！你的头发烧着了。"

　　姑娘猛然听到有人在喊，吓得急忙站了起来，看见沙包上有人，就急速地转身朝着沙墚下跑。

　　我爬了起来，走下沙包，此时，周围的小火堆看不见了，四周漆黑，我这才反应过来，此处是埋死人的地方。一阵一阵晚风掠着杂草发出："嘘——嘘——"的响声，我不由得觉得浑身冰凉而恐怖，就急忙大声喊叫：

　　"姑娘——！等等我……"

　　不知什么时候，我跟跟跄跄地回到了家。

绿色的家乡

我的家乡在盐池县，要说家乡近几年有什么最大的变化，不用我说，人们都会异口同声地说："天气！"的确不假，家乡的"天气"变得清朗了，变得爽快了，不但空气新鲜，而且富含阳离子；不说对人，对一切有机生物都是良好的生活环境。过去那种黄沙滚滚、遮天蔽日、伸手不见五指的"天气"一去不复返了。然而，家乡的"天气"怎么一下子会变得这么好呢？这有赖于近几年县委、县政府的正确决策——退耕还林，植树造林；草原围栏，禁牧圈养的结果。

从我国传统文化——阴阳学来说，阴之所变，必然引起阳之所动。阴为地、为母；阳为天、为父。阴为之所变，阳，必然为之所呼应。地绿了，天也就清朗了。

记得 80 年代上学毕业返回家乡时，有几位同学想来家乡玩，一路上尘土飞扬，黄沙滚滚，公路的两边几乎没有什么树木花草，光秃秃的，不是沙滩就是盐碱地。有位老乡骑着毛驴从山梁上下来，其中有位南方的同学趴在车窗前满脸愁容地说："你们这叫啥地方，草没草，树没树，连马都小得可怜，咋这么个鬼地方？"我心里十分愧疚地解释道，那是一头驴，不是马，虽然我知道她是南方人，没有见过驴，可以谅解，但是，一方水土养一方人，就我们这片土地，人家能不说是头驴吗？我心里一阵酸楚，感到很是无奈，不知说什么好。"人们都说家乡好"，然而我的家乡却是这样，"鬼地方"——不是人住的地方。

但是，几十年过去了，在县委、县政府的正确领导下，在全县人民的共同努力下，通过城市街道划片竞拍，成立专业绿化单位，实行城市居委包干、乡村包干、引进外资承包等形式，大力开展绿化工程，即：退耕还林，植树造林；草原围栏，禁牧圈养等一系列有力措施，使得家乡这片不毛之地逐渐变绿了。为了使草木生长得更好，家乡在原有的基础上还修建了许多人工湖，如花马湖、长城湖、哈巴湖等。将湖里的水，通过管道直接引到山坡上、沙滩上、改良的盐碱地里，种上草和树，使草和树有了赖以生存和延续的源源不断的生命之源。

同时，在城市和城市的周边又建了许多园林和广场，广场处在园林之中，四周种有松柏、槐、垂柳、桃、杏、梅花等绿色植物；园圃里种有玫瑰、菊花、兰花、月季、茉莉等观赏花卉，供人们休闲娱乐，健身嬉戏。

如今的家乡，草原广袤——绿色遍野；树木茂盛——郁郁葱葱。整个城市的里里外外，都有绿色包围。住宅小区的高楼下，古城墙内外，东、西、南、北的广大地区，无不处于绿色之中。黄沙一去不复返，绿叶归来是江南。如今的家乡——古老的盐池，那是美不胜收，绿色遍野，鸟兽成群；草木旺盛，欣欣向荣；高楼林立，花草相依；天气清朗，人笑马欢。家乡变了，变得不但是人住的地方，而且是宁夏南部山区最养人的地方。以前，去银川和别的地方养老的老人，大都愿意回到家乡养老。我有一位同学的老人，在银川居住了多年，看到家乡的巨大变化，老泪纵横地感慨道："好啊，家乡变化太大了，不要说城市建设的楼房有多少，有多高，只说绿化工程，这项工作，县委、县政府就是抓得准抓得好。过去黄沙滚滚，遮天蔽日，伸出手来不见五个指头呀，如今现在，绿色遍野，披红挂绿；空气新鲜，无沙无尘无污染，比银川都好，我如今在芙蓉苑小区买了楼房，打算和老伴回来永久居住。"老人的一番语重心长的话，说得我心里美滋滋的，一扫80年代同学来家乡时的那种酸楚的感觉和无奈。

现如今，家乡被市、省、国家命名为园林城市、卫生城市、国家森林公园等光荣称号。盐池这个不起眼的宁夏南部山区出了名，并彰显了作为一个革命老区的风貌。最近，县委、县政府为了使家乡变得更加美丽，成为旅游胜地，投资几个亿，拆迁古城周边的近两千户棚户房屋，拆迁后，对破烂不堪的古城进行重修，恢复原来的面貌，一座雄伟的古城不久将屹立于塞北之上，并且，对古城的周边通过绿化工程、园艺工程，造林工程，使得五百多年的古城变得更加秀美。毋宁说，在县委、县政府的正确领导下，在全县人民的共同努力下，再过几年，一个崭新的塞上江南——绿色盐池县必定屹立于塞北高原之上。为此，我欣然命笔——《沁园春·盐州颂》：

塞上盐州，翠绿勃发，盛世正荣。望南山万壑，云烟袅袅；北丘大漠，草木重重。地沃花香，山明水秀，鸟语歌声绕苍穹。今朝去，喜三边圣地，雪耻"黄龙"。

昔州铁马兵戎。筑万里长城御夷雄。辖三边要邑，河东门户；深沟高垒，烽火成城。岁月沧桑，雄风依旧，花马腾飞映彩虹。忙回首，瞰琼楼星布，银阙灯红！

心　光

　　每一个人生下来，他的内心深处都固有一束灯芯，是生命的火花把它点亮。

　　起初，它虽然亮得那么暗淡、那么柔弱，就像天宇中的一颗星星，以致对自身的机理，身外的世界无法辨别，更谈不上对朝代的更替、人生的跌宕、自然的千变万化的理解。然而，随着悠悠岁月的成长，生活的不断磨砺，人生的不断求索和洞悟，心灯自然就会点亮。

　　要使心灯发亮，尚需经过进一步地修身养性，朝夕问道；虚极静笃，禅定理数；达到"天人合一"①，"至人无己"②时，"采天之气，周天运转，炼精化气，炼气化神，炼神还虚"③；"过四关，通三山"④后，则心灯就会逐渐地开始燃烧、发亮。

---

①"天人合一"：见《庄子·齐物论》"天地与我并生，而万物与我为一"引申为"天人合一"，即：大自然和人融为一体。

②"至人无己"：见《庄子·逍遥游》，至人：修养达到最高境界的人。无己：无我，即人与自然浑然一体。

③"采天之气，周天运转，炼精化气，炼气化神，炼神还虚"：万籁声著《武术汇宗》第一节修道之程序，得道的人需经过以上四步才能成仙。

④"过四关，通三山"："四关"指"酒、色、财、气"，"三山"指上丹田、中丹田、下丹田。

当心中的睿智产生，当无为而无不为的理念根生，当博大的胸怀像海一样能够包容一切时，仁爱、睿智、无为的良知就会化作心灵的血液，供心灯燃烧。那时的心灯，就会变得明亮，明亮得就像太阳那样向外发光，这种光芒，是来自于心灵的烈焰，它是通过知识的不断地积累、思辨的不断反复而产生的，它叫灵光又叫心光。它七彩光耀，灿烂无比，是真理的显现。它就像"万法归一"的佛光，无所不能。它的产生，将普照心中的万事万物，并随时发出不朽的真谛。在心光的护佑下，人类的一切苦难和悲伤都无所畏惧；在心光的指引下，人类终究会到达光明、幸福的彼岸。

　　然而，人类时常物欲太重；情欲太深。心光时常被物欲的屏障所遮挡，被情欲的魔障所困扰，无法护佑和指引人类到达光明的彼岸。就像一片乌云遮住了太阳一样，黑暗总是暂时的。由此，人类理应摒弃物欲的贪婪，情欲的困扰，让心光自由地燃烧与喷发。

　　仰望无际的天宇，太阳是那么的炽热和光明，因为它无期无私地燃烧着自己，用生命的烈焰照耀着宇宙，使宇宙间的万事万物生生息息，延延续续，永久不灭。

　　太阳是无私的，是大自然的心光。而人类是大自然的娇子，其心中必定生有太阳似的心光。让私欲般的乌云散去，让心魔不再困扰自己，让心光更加璀璨。心明则眼亮，人类在心光的指引下就不会迷失方向，美好和谐的家园，光明、幸福的生活就一定会到来。

生命的意义

清晨——旭日东升，阳光明媚，万物复苏。

傍晚——日落西山，霞光万道，神清气爽。

无论是清晨或者傍晚都是人们锻炼身体的美好时光。

人们为什么要在如此美好的时光下，不厌其烦地伸着胳膊踢着腿地锻炼身体呢？不外乎增强体质，提高生活的质量，延长生命存在的时间，一句话，能使自己有一个健康的身体，并且，在这个"人生只有一次"的地方多活几年，享受未来的美好世界。

诚然，生命是宝贵的，无论什么人仅有一次。正是只有一次，人们才珍惜生命，想尽各式各样的办法增强体质，提高生活的质量，延长生命存在的时间。但是，你可知道，要提高自己生活的质量、延长自己生命存在的时间，那是要向自然和社会索取更多的物质财富和精神财富。

一个人为了维持、延长自己生命存在的时间，向自然和社会索取的物质财富和精神财富是微不足道的，但是，千千万万个人为了维持、延长自己生命存在的时间，向自然和社会索取的物质财富和精神财富可想而知。

人们都想多活几年，甚至长命百岁，我们无可非议，但是，只有索取，没有贡献，那是可怕的。

我们维持、延长自己生命存在的时间是要有奉献的。所有赖以生存的物质财富和精神财富都是劳动大众用血汗和智慧奉献的成果。生命之所以宝贵，不仅仅只有一次，而且，生命又是非常精贵的，分分秒秒都依赖于劳动大众的成果而存在着。因此，我们不能仅仅光是为了自己生命存在的时间去自私地占有有限的空间和自私地、无限地索取自然和社会有限的物质财富和精神财富。

生命的意义就在于奉献。只有奉献，生命才能得以维持、才能得以延续。当一个鲜活的生命由母体内呱呱坠地，他或者她，便开始了自然或不自然地接受着人们的奉献。

首先是母亲无私的、甘甜的乳汁的奉献。

其次，在他（她）生命成长的整个过程中的所有赖以生存的一切物质财富和精神财富都是由劳动大众奉献的结果。

最后，在他（她）步入老年苦苦地挣扎在生命线上，利用清晨或者傍晚的时光在广场上听着优美的歌声锻炼身体的时候，同样也享受着人们的奉献。人的一生离不开奉献，无论是个人或者是他人，都是在奉献中诞生、成长、老逝。正如奥格·曼狄诺在《假如今天是我生命中的最后一天》中写道："生命只有一次，而人生也不过是时间的积累。我若让今天的时光白白流逝，就等于毁掉人生最后一页。因此，我珍惜今天的一分一秒，因为它们将一去不复返。"生命的意义应该是奉献，凡是一个真正活过的人都会向这个世界奉献自己的一切。奥格·曼狄诺还说："我要乐于奉献，因为明天我无法给予，也没有人领受了。"生命的意义就像一部文艺作品，其价值不在于篇幅的长短、语言的华丽，更不在于包装的精美，而在于内容。张志新为了捍卫真理，被人割断了喉咙，韩瀚诗人奋笔写道："她把带血的头颅放在了天平上／让所有的苟活者都失去了分量。"短短的二十六个字诠释了生命的意义，铿锵有力，摄人心魄，让人回味无穷。人的一生恰似一部小说或者一台戏，光辉灿烂的是内容，而不是寿长命短。刘胡兰的生命何其短也，"生的伟大，死的光荣"。她把短暂的生命奉献给了祖国民族解放的伟大事业，千古不朽！有些人，则在他（她）濒临死亡的时候，把器官无私地捐献给他（她）人或将全部尸体捐献给医学事业，供医学研究，何等的高尚。

奉献不光是在人类当中体现得淋漓尽致，在自然界里也不例外。

你看一束鲜花，绽放的时候它把美丽奉献给了人间，到了凋零的那一天，虽然它花朵枯萎，叶落归根，但它仍然化作春泥去护花了。

在《动物世界》里，我们经常看到：为了保护、延续种族不被灭绝，衰老的、得了病的角马、野牛、驼鹿等动物，本能地倒下被狮子、老虎、狼等食肉动物吃掉，不但奉献了自己，保护和维系了自己种族的延续，而且也维系、延续了整个生物链，使得自然界五彩缤纷，物类繁荣。

大马哈鱼在海洋里，不怕艰难万险，历经万里游归到它出生的小河里产卵，当卵产下后，它也就累死在了小河里。一路上它不知经历了多少次来自海洋、天空、陆地的食肉动物的围追堵截，最后终于以奉献生命的代价滋养了种族的延续以及小河周围食肉动物的生存和植物的旺盛。

诚然，动物们不知道这种以奉献生命的代价去生存、维持、延续后代和滋养他物的道理，但是，这种做法是生物类生存、维持、延续的自然法则，是整个生物链得以维系的必然规律。这种必然规律，看上去血腥、残暴，但是，面对整个生物链，它又是现实的、合理的。否则，生物链就会断掉，就不会运转。因此，生物的这种本能的、自然的奉献，是推动整个生物链运行的天道。

从我们人类来说，五千年的人类文明历史造就了无数先进的、有益的事迹和思想文化，这才使我们人类得以延续和发展。如历史长河中那些为了人身自由、民族解放、国家独立、领土完整以及为了捍卫科学真理，人类进步文明而献身的英雄们，他（她）们的奉献，虽然不是出于本能的、自然地奉献，而是出于能动的、主观的奉献，也正是这种能动的、主观的奉献，才使我们人类得以生存、维持、延续和发展。这种精神，只有人类才有，它不但是一种思想，而且是一种先进的思想，即：主观地赋予生命存在的真正意义——牺牲自己，伸张正气；奉献自己，捍卫真理。

当然，生活在大千世界里，也不乏有碌碌无为、好吃懒做、无所事事的人。他们的存在，不但是社会的渣滓，而且也辱没了生命存在的真正意义，只是一群匆匆过客而已。人类要进步，社会要前进，就必须彰显那些曾经赋予了生命真正意义的精灵。使我们这个短暂的、有限的生命化作无限永恒的生命长河，使之永远流淌，永不干涸。这里除了能动的、主观的奉献，也包括那些本能的、自然的奉献，这就是生命的全部意义。

　　另外，从天演论的角度来说，"奉献"无不说是宇宙中的一种永恒的规律。我们从天文学家那里得知：宇宙中的一切物质都是由大爆炸（奉献）而产生的，它包括所有已知和未知的元素。金、银、铂这些贵金属都是由超新星的大爆炸而产生的。当一位新娘戴着金、银戒指，挂着白金项链，你可曾知道，它是牺牲了（奉献）一个比太阳大8倍以上的百亿年前的恒星上得来的。迄今为止，组成宇宙中的一切有机物和未知生物的物质，特别是有机生物和未知生物不可缺少的贵金属，都是由恒星的大爆炸而产生的。恒星以自我毁灭（奉献）成就了宇宙中最伟大的新生，同时也包括我们人类自身。

　　生命的诞生，的的确确是偶然的；生命的死亡，的的确确是必然的。这是一切有机生物必然的自然法则。但是，广袤的宇宙，特别是恒星极其惨烈地爆炸，孕育了我们人类这个智能的天之骄子，除了逃脱不了必然的自然法则外，还能创造出偶然的伟大，必然的光荣！与其说是偶然的伟大和必然的光荣，无疑说是代表了一切有知和未知领域里的有机生物和智能生物的精神与意识，那就是——"爱的奉献"。这种"奉献"的精神与意识随着宇宙的不断重复连续更替，会变得更加光辉灿烂，且永久不灭！

写给自己的一封信

序

不知自己前世是怎样修的，自己人生的几个重要阶段的结果，如此的一样。

1976年"上山下乡"的第二年，同学们招工的招工，上学的上学，调动的调动，总之，只剩下自己一个人在乡下劳动；2004至2015年的十三年中自己一个人在单位工作。有联为证："一个单位仅一人，一人主持是领导又是职工，天天上班，任劳任怨；一个支部有七人，一人在岗是书记又是干事，日日工作，尽职尽责"；自己结婚后，生有一女一男，女的长大后结婚上班，男的长大外地上大学，家里只有自己和老伴。老伴爱玩，经常不在家，有诗为证："独卧床头百味全，未有心相伴。"

无论下乡也好，工作也好，生活也罢，总之，到了一定时期，总是自己一个人，没有别人。茕茕孑立，形影相吊，那种孤独、寂寞感，让人窒息。为了自己安慰自己，自己勉励自己，于是自己给自己写封信吧。

正 文

亲爱的自己：

身体好吗？工作顺利吗？人生在世难免会犯这样或

那样的错误，因此，自己就唠叨自己几句吧。

亲爱的自己，我们无论做什么，都要及时地扪心自问。思想：是不是对得起别人或者对不起自己？是不是做对了还是做错了？要时刻对得起良心。良心是"上帝"赋予每一个人对是非的内心的正确认识。它来自于冥冥之中，只有自己知道。之所以自己知道，才要时时刻刻提醒自己。

世界上没有人疼自己，就自己疼自己吧；没有人爱自己就自己爱自己吧；自己不疼自己还有谁疼自己。

亲爱的自己，从今天起，让自己平平淡淡地活着，学着爱自己。

亲爱的自己，首先你是世界上独一无二的，别人是无法替代的，自己做的事，自己要承担起，哪怕做错了，自己也要勇敢地承担起。

做个最真实最快乐最阳光的自己。就算没有人懂得欣赏自己，你也要好好地爱自己。

你一定要放松自己，做最真实的自己。人生宁可孤独、寂寞，也不要张扬、显耀；宁可抱憾、遗恨，也不要懊悔、气馁。

有些温暖，别人是给不了的，只有自己温暖自己，才是最真实、最可贵的。在物欲与情欲的奢望的过程中，不如自己给自己一点点安慰，一切便没了欲望。

做人要立德、修德，自己的德行高了，心量就大了，胸襟才能够开阔，才能容纳万物，包罗万象；才能站得高，看得远。德是处世之道，没有德，处世便没有了道。"道"：乃万物之理，天地之魂，掌握了"道"，便掌握了德。有其德，心中便有了善，积善成德，德便行善，"道"则昌矣，故天下安。自己无论处于什么艰难环境，都要忍辱负重，不济私利，广结善缘。有容乃大，无欲则刚；身无所依，心无所求；无欲无为，物我两忘；天人合一时，才能"以达'宇宙即我，我即宇宙'之究境"。①

自己学业要精，学技要湛。工欲善其事，必先利其器，器利了，自己才能做到有备无患，才能游刃有余。

自己无论干什么，都不能干过头了，自己都要给自己留有余地，把握好尺度，凡是超过了尺度，事物必然会发生质变，因此，自己要给自己留有退路。

自己要有怜悯之心，"老吾老以及人之老，幼吾幼以及人之幼"。菩提之心，佛祖之意，不可不修矣。

自己要爱护自己，身体是"革命"的本钱，没有了好的身体，干什么都不行。别人不爱护自己，自己要爱护自己。

亲爱的自己，春失秋去，花开花落，生命是短暂的，来之不易，自己没有来世，来世也没有自己，自己

---

①出自李大钊《今》一文，意思是达到自然与人合为一体，即：达到天人合一的境界。

只有尊重自己，别人才能尊重自己。自己要自立、自爱、自信、自强不息，达到"自为阶级"①，才能由"必然王国"②走向"自由王国"③，到那时，自己就会无比的自豪。

亲爱的自己，自己不要嫌弃自己唠叨自己，每一个"自己"都是自己，只有自己做好了"自己"，"自己"的社会才能够进步，才能够文明，才能够达到极乐的大同世界。

此致
敬礼！

自己××
公元××××年××月××日

————————

①自为阶级：指进入自觉斗争阶段的无产阶级。

②必然王国：哲学上指人在尚未认识和掌握客观世界规律之前，没有意志自由，行动受着必然性支配的境界。

③自由王国：哲学上指人在认识和掌握客观世界规律之后，自由地运用规律改造客观世界的境界。

小 说 类

（小说纯属虚构，如有雷同，纯属巧合）

红色手帕

　　季春来到凤城，坐在某歌舞厅里，参加同学聚会。歌声绕梁；音乐悦耳。班主任拿着话筒准备演讲，季春则低着头瞧着一块褪了色的红手帕，瞧着瞧着，往日的情景不由得呈现在他的眼前。

　　那是七月份的一天，季春交过塞东乡供销社采购的手续后，拎着捆好的被褥上了他再也熟悉不过的老解放汽车。以前他经常坐着这辆老车到凤凰市里采购货物，然后再由这辆老车拉回来，一个月跑十来趟，哼哼扭扭的一趟得四五个小时，已经三年了。今天是他最后一次坐这辆老车了，因为他终于实现了二次求学的梦想。考入凤凰市育贾学校（中专），学习企业管理。

　　他坐在驾驶室里，像往常一样，靠着座椅，似睡非睡地想着："唉！终于结束了'满天飞'的采购工作，要实现自己的理想了。"邵师傅像往常一样不多说话，沉默寡言，只顾自己开车。大概过了四个钟头，邵师傅忽然捣了一下季春说："到了，下车。"季春迷迷糊糊地打开车门下来，上了车厢拿着捆好的被褥跳了下来，准备往前走。"咦——不对，这哪是学校？"他揉了揉眼睛，只见距离他三十来米处，好像是个监狱，大门两旁站着全副武装的武警战士。随着季春放下被褥，从衣兜里拿出通知书一看，怒气冲冲地回头说：

"我说邵师傅，您不是在开玩笑吧？这哪是学校！"

邵师傅急忙下车反问道：

"你不是说学校在凤凰市满春乡八里桥村吗?"

"您看！前面是什么?"邵师傅往前走了几步一看：

"我的妈哟，怎么到了晦气的地方。"

随着他们上了车，按照通知书的地址返路来到了八里桥上。在桥上，他们向路人打听才知道，学校在桥的西面，一片树林里。邵师傅急忙转弯下了桥，向着西面树林里的一条乡村小路开了进去，不大一会就到了学校的大门口。

季春告别了邵师傅，拎着捆好的被褥，走进了盼望已久的学校。那时候的育贾学校，全是一排排的砖瓦房。靠南边的是校舍和食堂，北边是教室和老师的办公室，东边是大礼堂。在学校的西面还有一条经常流淌的臭水沟和排污室。过了臭水沟的小桥就是培训各县经理的干部学院。学校不太大，坐落在一片茂盛的树林里。南面是一片开阔的农田，时不时地传来一阵阵蛙鸣。

季春办完入学手续后，来到了一排砖瓦房的第三间房屋。他开开宿舍的门，走了进去。这是一间二十来平米的宿舍。右边放着一个钢管做的上下床和木制的长方形桌子；左边放着三个钢管做的上下床，也就是说这间宿舍要住进八位学生。地是由青砖铺的。季春一屁股坐在其中的一个下铺上，略有所思地想着："这也是学校？进了大城市，我还以为是高楼大厦呢！和我家的房子差不多。"

到了第二天，同学们陆陆续续地到来了。这些同学大都来自商业的不同岗位。年轻，芳华正茂，六〇后，比季春小四五岁。总共有四十八位。

在季春宿舍里住的还有七位：其中：有凤凰市姓汪的，叫汪勇，姓吕的，叫吕斌，两位。汪勇的身材稍瘦，二十来岁头顶就没有多少头发。吕斌年纪大些，佝偻着腰，嘴角边隐约能看得到两颗犬牙。

江南县姓行的，叫行雄，身材结实，像个练武的。

六盘县姓李的，叫李大海，身材略高，而且宽厚，浓眉大眼。

枸杞县姓鲁的，叫鲁宏志，姓赵的，叫赵春，两位。鲁宏志中等身材，长得一表人才。赵春和季春一般高，络腮胡子。

红崖县姓孙的，叫孙宁，身材壮实，大腹便便，好像是个当官的。加上季春共计八位。

好嘛，一间二十来个平米的宿舍里住进了八位学生，这下可热闹了，不但臭气熏天，简直成了麻雀窝。

早晨九点多，季春和宿舍里的同学正在聊天，忽然有人推门走了进来。此人中等身材，西装革履，秃顶，脸稍长，一副严肃认真的样子。只见他笑呵呵地说道：

"同学们，你们好——呵呵——！"喉音拉得特别重，"我姓尤，是你们职工班的班主任，希望今后好好合作……"同学们急忙起来和他依依握了手。接着他又说道：

"明天学校要开欢迎大会和育贾学校五周年校庆，

希望在座的各显身手。女生宿舍和其他男生宿舍我也去了，你们不是社招的，你们以前是在职职工，拿出你们的本领，明天就看你们的了，呵呵——！"

季春从小喜爱文学，会写诗，就自告奋勇地写了一段用来朗读的自由诗，交给了班主任。尤班却要求写成男女混合朗读的诗。季春不敢怠慢，回去又重新改了。

到了第三天早晨的十点钟，大会隆重地开幕了。首先鲁校长做了慷慨激昂的发言：

"同学们：你们是来自商业战线的优秀职工，第二次融入到校园里……武装你们的头脑，学习商业专业知识……目前国家正处于改革开放时期，需要不同岗位的专业人才……希望你们尽快地转换角色，努力学习，为改革开放多做贡献……"

接着，不知是谁选出来的一位姓顾的，来自六盘县的同学成为班长。只见他拿着演讲诗稿和一位胖乎乎的女生走上演讲台：

"亲爱的同学们，敬爱的老师们，大家好！在这春光明媚／稻花飘香的日子里（男生）／在这一派生机勃勃／硕果累累的校园里（女生）／我们这些来自商业战线不同岗位的学子们（男生）／……是改革开放的春风把我们吹到了校园（女生）／……第二次融入校园里（女生）／……我们一定不辜负老师们的殷勤希望（男女生）／……好好学习，刻苦钻研（男女生）……"

季春一听，是他写的，不由得有些懊恼。接着他俩唱起了《在希望的田野上》等歌曲。接着，社招班里的同学也献了诗歌，主要是歌颂了育贾学校五年来的成绩。特别是教音乐的女老师唱得委婉动听，铿锵有力。

热闹了一上午，会后，同学们大都回到了寝室。

凤城市育贾学校除了季春的职工班、企业经理的培训班外，基本上是社招班。开设的专业有会计、计算机、烹饪、广告设计、企业管理等专业。师生共有三千来人。

第四天，季春和同学们领了书本，有企业管理、会计原理、市场营销、政治经济学、珠算、语文等功课，还开设书法课。

第五天正式上课了，季春背着书包走进教室，站到自己的座位环视四周：大部分是漂亮的女生，共有二十八位。男生有十八位，除了自己和姓吕的，都是些年轻的小伙子。不大会，老师夹着书走上了讲台，并用流利的行书书写了自己的名字。同学们：今天我们讲企业管理的第一章，企业的性质、章程、宗旨……

季春坐在座位上，认真地聆听着老师滔滔不绝的讲解。这是一门专业知识，关系到企业的兴衰与成败……

过了半年，季春学了不少专业知识，但就是对上语文课有些不耐烦了，于是举手说：

"老师，我们换个方法学。"

"换个什么方法？"

"在座的都在初中、高中学过语文，能不能让同学上讲台自己讲？讲完后，老师和同学再评定。"老师听了后，高兴地说：

"好啊——就让同学来讲，你先带头。"

季春带头讲的是李大钊写的一篇议论文——《今》。

这篇议论文主要阐述了"今"的宝贵，以及"今"与昨日、未来的关系和过去、现在、将来的内在联系。他讲得绘声绘色，条理分明。

接着同学们在上语文课时，也先后选择了自己喜爱的文章做了演讲。经过这种模式的学习，不但使同学们得到了锻炼，增强了自信，而且，提高了写作能力，加深了彼此之间的友谊。

由于季春笔杆子好，不到一年，学校就让他担任校报——《雏鹰报》编辑。在担任编辑后，季春白天忙着听课，晚上忙着刻蜡版，编辑文稿。有一天，他发现了一位学生，经常投稿，文章也写得好，这就引起了季春的关注。经过询问，是自己班里的女同学。她姓胡，叫胡琴，人长得还不错，留着飘逸的长发，脸胖胖的，有一个美轮美奂的鼻子，来自江南县，南方人。正是她，搅得季春魂不附体，神不守舍。

孟秋的一天中午，胡琴急匆匆地从学校的大门口进来，季春准备去城里办事，正好他俩碰在了一起。只见胡琴甩着长发，神色慌张地对季春说："你能不能帮个忙？"

季春说："怎么了？"

"院子外面有个男人，经常缠着我。"

季春赶忙追问："在哪？"

"在大门外的树林里。"胡琴用手指着说。

季春按照胡琴手指的方向小步跑去。季春从小练过武，胆子大，于是小步跑到树林跟前：

"你是谁？干什么的？"只见树林中的一棵树晃动

了一下，有个男人的背影朝着东边的公路跑了。

季春回来对胡琴说："人跑了，不见了。"

胡琴松了一口气："谢谢！"垂着头向着宿舍走去。

自打这以后，胡琴经常在傍晚和季春到田间散步。

有一天，胡琴对季春说：

"那个人就是我以前的男朋友，我不理他，他经常缠着我。"

季春迷惑地问："哪个人？"

"就是你那天撵走的人。"

"你不理他就是了。"

"不行，他老到学校找我。"

"那怎么办？"

胡琴像受了多大的委屈，娇滴滴地说："我想让你和我去一趟城里，当面把事情和他说明。"

季春有些为难了："我怎么好去？我又不是你的什么人？"

"你是我的同学——大哥哥。"这下把季春叫得好得意。季春问："几时去？"

"周末。"

到了周末，季春和胡琴出了校门，来到八里桥上，坐江南县到凤城的班车，向城里驶去。

一路上，季春仔细地打量着胡琴。胡琴的脸胖胖的，细嫩而红润，小翘鼻子美轮美奂，凤眼柳眉。特别是在右边的鬓角上还有一颗红痣。秀发过膝，潇洒飘逸，双乳丰满而坚挺。身体不胖不瘦，恰到好处。季春瞧着，心想："唉——我已是过来的人了，这位青春靓丽的美人儿，不知是谁的一盘菜。"

班车到了胡琴说的站，他们下来。为了防止意外，季春就给在凤城市公安局的朋友打了个电话，说明了事情的缘由。不一会来了两位身穿便装的武警，一位是季春的朋友，一位是朋友的同事。

过了会，由西面走来一个人，身材细长，佝偻着腰，胡琴迎了上去，把包里的东西拿出来，递给了他。然而，那个男人怒气冲冲的想要干什么，这时季春的朋友也赶到胡琴的身旁。那人左右一瞧，赶忙拿着东西溜走了。

从这以后，胡琴和季春就走得近了。为了保护好胡琴，季春每个周一都到八里桥上等胡琴。有一次季春干脆把她送回了家，并且，在她家住了一晚上。

就是这样，傍晚的林间小道；田间的小路；树林里的草地；臭水沟畔；排污室旁，还有季春夜晚工作的报社，无不留下他俩闲聊和热情的身影。

有一天夜里，季春忙着赶稿子，胡琴推门进来，趴在季春的背上娇滴滴地小声说："你忙什么？"季春低着头，手不停地颤抖着说，"改稿子。"

"谁的？田玉的。"

"哪个田玉？"

"社招三班的。"

"写得好吗？比我呢？"

"还不错，但是，比你好！"

"你坏！还不是你修改得好，你怎么不给我好好地修改？"一阵柔情的声音，说得季春麻酥酥的。季春抬起头瞧着胡琴。

胡琴的脸颊泛着红晕，湿润的嘴唇微微地张开着。季春都能感觉到她那细微而急促的呼吸。

季春浑身都感觉到热乎乎的，心中的小鹿不停地蹦蹦直跳。雄性荷尔蒙强烈地刺激着季春的大脑，季春受不了了，赶忙不情愿地推开胡琴：

"趴在身上，怪热的。"

"你是过来的人，什么不知道。"季春实在无法阻挡了，就抱着胡琴亲吻起来……这是他头一次和别的女人亲热，感觉似乎有些别样，不像他那农村的老婆，粗鲁而不温柔，呆滞而不热烈，被动而不亲切。

十二点多，季春回到宿舍，悄悄上了上铺，就是这样也惊动了下铺的舍友，只见汪勇怒气冲冲地说："怎么搞的，每天都是这样，还让人休息不！"

事后，季春总感觉对不起胡琴。在一个傍晚时分的林间小路上，季春对胡琴说：

"我们这算什么？我已有家室了，你是黄花闺女，这样下去……"

"不说了，我也不知道。"胡琴低着头，用手卷着秀发，似乎在深思着什么。

季春回想着，那个时候，正上演《何元甲》的电视连续剧，季春和班里的同学经常跑到附近农民的家里观看。片中有一位和陈真很好的日本女间谍，叫秀芝，人长得纯清秀丽，碧玉无双。恰好社招三班的田玉的气质与秀芝长得相似，也长得纯清秀丽，小巧玲珑。常和季春到林间、田间等讨论文章。田玉不但长得美丽，楚楚动人，也写得一手秀丽的文章，给季春留下了深刻的印象。毕业多年后，季春打听过田玉，但是，无缘，再也没有见过田玉。

校园是个学习的地方，但是，周末却安静得有些肃穆。季春想活跃一下校园里的气氛，就给顾班长说：

"我想找凤大的同学，到我们学校教跳舞，您看行吗？"顾班长毫不犹豫地说："走！找班主任商量。"他俩来到办公室就把商量的事给班主任说了。尤班一听，用手搓着秃顶说：

"呵呵——好啊！你给咱们联系。"

某日的周末，季春邀请来了凤大里的高中同学和一位凤大的学生，给班里的同学教跳舞。顾班长让同学们把教室里的桌椅挪开。一阵阵优雅的舞曲响了起来……

班里的同学开始有些不好意思，经过凤大学生的开导，各个争先恐后地学习跳舞，从早到晚，学了探戈、伦巴等双人舞，后来又学了集体舞，笑声不断，热闹非凡。

在一个秋高气爽的傍晚，优美的旋律响彻了校园，班里的同学们一对一对地结成伴儿，欢快地跳着集体舞。

顾班长和唱歌的丽丽同学一边跳着一边还大幅度地扭着屁股；枸杞县姓鲁的同学和来自凤城的小田跳得更是认真，温文尔雅，不慢不快；季春和胡琴则跳得柔情，配合得天衣无缝；泾河县来的大个子张同学和六盘县来的桑同学跳得有些羞答答的，总之，除了季春和老吕同学，这些六〇后，正是青春勃发，情窦初开的时候，头一次在一起跳舞，都感觉好奇、愉悦，还有那么点强忍的羞涩。

安静和肃穆的校园霎时间变得朝气蓬勃，有了青春的活力；有了欢快的气氛。自打凤城育贾学校成立以来，从来没有这样过，这是史无前例的。80年代初，改革开放的号角刚刚吹响，人们从禁锢的枷锁中刚刚解放出来，一切都感到那么的新鲜，那么的称心如意。站在四周的师生、员工们无不拍手称快。

集体舞结束后，顾班长又组织大家跳双人舞（交际舞）。在一旁满面春风的尤班被班里的女同学拉着走进了舞池。尤班很早以前是凤大毕业的，在他们那个年代，跳舞是平常的事，然而，在十年内乱中，除了"红色的"，一切都变得沉默了、冷漠了。是改革开放的春风把大地吹绿了，唤醒了一切生机。

尤班带着女同学，跳得那么自然、那么优雅。好似一对情侣在那里曼舞。从尤班的舞姿看，跳得的确不错，不快不慢，温文尔雅。其实尤班走路的姿态就是这样，说慢不慢，一副哲学家的气质。其实他在凤大就是学哲学的。

说到气质，季春班里有位姓姬的女生，人长得眉清目秀，特别是她的气质，怎么说呢？像大家闺秀。和季春很好，经常出去散步。有一天周末，同学们到八里桥玩耍，她的对象吹着口哨骑着自行车来找她，她慢条斯理地走了过去，手也不抓，使劲地往后座上跳，可是，自行车猛然向前走了，好嘛，一屁股蹲在了地上，疼得她直流眼泪，对象不好意思又十分尴尬地将她扶起。

季春坐在凤城某歌舞厅里抬起头来，看了看昔日那位老同学，风韵犹存，就是老了许多，也胖了许多。

季春低下头，思绪万千，时光仿佛又回到了从前。有一次周末，季春和宿舍里的舍友汪勇、吕斌、行雄、李大海、鲁宏志、赵春、孙宁出去偷偷喝酒。他们来到了离学校不远的一个小饭馆里，点了几道菜，上了三瓶凤凰老白酒。孙宁忍不住，带头打起了关。"五魁首"呀，"六六"呀，划了起来。汪勇仗着他是市里的人，蛮横地止住孙宁，抢着和鲁宏志划，鲁宏志仗着酒劲，也不示弱，和汪勇斗了起来。不大一会，汪勇的脸通红，秃顶满是汗，还冒着热气，有些醉意了。特别是鲁宏志，输得多，赢得少，醉倒在了桌子上。旁边的李大海红着脸用浓厚的地方话说："狗咬狗一嘴毛，他俩不行了，我和行雄来两拳。"季春、吕斌和赵春则一边聊着一边不紧不慢地喝着。

大概过了五个钟头，不知什么时候，鲁宏志不见了。同学们你问我我问你，就是不知道。同学们赶紧走出饭馆准备去找鲁宏志。这时，老板娘追了出来"钱！钱！你们还没有付钱呢？"吕斌赶紧过去付了钱，过来搂着季春和其他同学一起去找鲁宏志。

树林里，田野里，男生宿舍里，哪也找不到，最后却在女同学宿舍的被窝里找到了。当时还在打呼噜，女同学各个笑得合不拢嘴。

第二年的下半年，尤班带着大家搞课外活动，就租了辆车到贺兰山游玩。走到新区，车停了下来，须弥县的女同学魏萍下了车，大家都感到好奇，也跟着下了车。站在魏萍跟前的是一位年轻的军人，气质不凡，英俊潇洒。而魏萍的容貌和身段也不示弱，亭亭玉立，脸蛋像一轮满月。他俩不知嘀咕着什么，大家瞧着，也小声议论了一番。随后，留下魏萍，大家上了车向着贺兰山驶去。

到了贺兰山，大家来到一片小树林里小憩。季春和胡琴、姬美、赵丽、汪勇、行雄、小李等在一起，其他的同学也一伙一伙地凑在一起，一边吃着零食一边说笑着。

胡琴从包里拿出酒心巧克力和面包什么的递给季春，季春点了一下头，也从书包里拿出了事先准备好的一瓶水，递给胡琴，就靠着树吃了起来。这时，身边的同学都眯着眼睛瞧着，似乎在嘀咕："瞧！他俩？"过了会儿，尤班大声说道：

"同学们，休息好了吗？都过来，我们爬山，看谁先爬到山顶。"

季春急忙把书包扔给胡琴，和男同学站在一起，只听张班一声号令，同学们猛地一下朝着山顶飞快地往上爬。那时，季春为了表现自己，一个劲地往上爬，把同学大都甩在了后面。不大一会儿，季春和几个同学站在了山顶。到了山顶，季春感觉心旷神怡，不由得高声喊道：

"会当凌绝顶，一览众山小——！"不大一会，同学们大都上来了。胡琴站在山顶的一块石头上，风儿吹着她的长发，高高地飘舞着，显得格外潇洒和美丽。吕斌赶紧举起胸前的相机抓拍着。其他女同学看见了，一个个也抢着拍照。

登山，那是劳累与快乐的结合。正如古人说的"不经一番寒彻骨，那得梅花扑鼻香"。那个感觉，那个境界，多么的惬意。

下了山，大家浏览了一下名胜古迹，就坐车返回了学校。

周末的一天，季春约胡琴到城里玩。他俩逛了商店，买了些吃的，就到公园里玩。他俩走到一片柳林里坐下，闲聊着。胡琴躺在季春的怀里，脸颊泛着红晕，低声说道：

"快毕业了，你有什么打算？"

"唉——回供销社呗！"

"我说我们两个？"

"我们……不知道，我是有家室的人，不敢有什么奢望，就当人生里偶尔翻起了一朵浪花吧。"

"什么偶尔？还浪花呢，你知道不，我们全家要回南方了。"

"啊——毕业后，你要离开江南县吗？"

"是的。"

季春感到一阵茫然，不知所措。好像美好的时光就要流去。赶忙低下头来亲吻着胡琴。胡琴呻吟着，泪水缓缓地流了下来……

毕业的那天，同学们依依不舍，因为他们是在职职工，有一段生活的阅历，因此，感情丰富，注重友谊。

红崖县的孙胖子看着同学即将离去，在宿舍里号啕大哭地说："既有今日，何必当初……"顾班长更是搂着同学不放，女同学那更是来劲，一个个互相搂着，哭得像泪人。虽然才仅仅两年的时光，但是，他们结下了深厚的友谊——相濡以沫，情深意切。

季春交完报社的手续后，回到宿舍，舍友和同学们不知什么时候都走光了，他整理好被褥出来，走到校门口，只见尤班一个人呆呆地站在那儿，季春上前和他握了握手，互相告别，尤班说：

"你是班里的笔杆子，感谢你这两年对学校做出的贡献，回去后，把它写成书。"季春有些激动，擦了一下眼泪说：

"一定，一定……"

当季春走出学校的大门口时，邵师傅早就在路旁等他。季春把被褥扔到车厢，坐到驾驶室里，邵师傅说："呀！润金了？还干采购吗？"

"不知道，听单位安排。"

季春坐在热闹非凡的歌舞厅里，无论怎么吵闹，他还是垂着头继续回忆着往日的情景：

他清楚地记得，正当汽车驶上八里桥头，有一位女生背着包，站在桥上招手，季春赶忙下了车，是胡琴。季春说：

"你在这等谁？"

"等你呗。"

"等我干什么？"

胡琴扭着身子又说："我要和你一起走。"

季春一听，懵懂了，就急忙劝说："这不好吧！你……"

"就当我出去旅行。"

"你们家同意吗？"

"全家都回南方了，就剩下我一个人了。"胡琴说完，自己就先上了车，季春无奈，也只好上了车。

一路上，胡琴躺在季春的身旁，季春心疼地搂着胡琴。季春心想："这回去后，怎么交代？"胡琴只管眯着眼睛睡。

当车快到塞东时，从山坡上下来一位骑着毛驴的老乡。这时胡琴醒了，趴在车窗看："你们的马咋这么小？"季春笑着说："那是一头驴——！"

车到了家门口，季春犹豫了一下，而胡琴却说：

"我都没什么，你怕什么，就当同学串门。"季春这下壮了胆子，拎着被褥和胡琴并肩走进了屋里。

屋里季春的母亲正忙着做饭，父亲则坐在里屋的炕上抽着烟。季春的母亲个子矮，胖墩墩的；父亲个子高，满脸的皱纹。季春的父母见儿子回来了，还领着一个女的，就赶忙过来打招呼。季春走到父母的跟前，介绍了一下同学，又嘀嘀咕咕地说了些什么。季春的父母也没有反对，只是说：

"好！好！我们这里条件不好，不比你们大城市，来了就不要客气了。"

胡琴则笑着说："给您添麻烦了。"季春心想："麻烦还没有到呢。"一边想着一边忙着给胡琴倒水，胡琴洗着脸说："你们这里的水咋这么甜。"

　　"这是沟里的泉水。"季春答道。洗完脸，季春和胡琴走出屋子，来到院子。

　　院子是由土夯的墙围着，院子里有草棚，猪圈、鸡舍等。房屋后有羊圈，也是用土夯的墙围着。屋子是"穿鞋戴帽"的三间大瓦房。所谓的"穿鞋戴帽"就是下面是土夯的墙，再在土墙上面砌几层砖。因为没钱，省料。季春领着胡琴参观了一下，就回到屋里。

　　过了会，季春的妻子扛着锄头走进了院子，季春对胡琴小声说："她就是我的老婆。"

　　"人长得蛮漂亮的，姓啥？我怎么称呼？"

　　"嫂子呗，你还能叫什么。"季春用手拍了一下胡琴说。不大会，季春的老婆走进了屋子，看见季春笑着说：

　　"呀！秀才回来了，这是……"

　　"嫂子，您好！"胡琴满脸通红地说。接着季春赶忙介绍说："她是我的同学，想到我们这里玩玩。"

　　"好啊！快坐，快坐……姑娘长得多俊，你看头发有多长。"虽然季春的老婆主动地招呼着，但是，从她脸上分明看出有些醋意和不快的感觉。

　　没有多时，季春的母亲就叫着："来！来！吃饭了。"季春的母亲听到季春要回来，就特意炒了羊羔肉、鸡肉、咸猪肉等，素菜有苦苦菜、沙葱和自己种的白菜、茄子、辣子，还有土鸡蛋等。

　　季春一边给胡琴介绍着桌子上的菜，一边给胡琴夹着菜。

"这是什么菜？很好吃。"

"这是去年腌的咸猪肉。"

"这叫什么菜？我从来没吃过。"

"这是沙葱，滩里长的，这是苦苦菜，也是滩里长的，你尝尝。"

胡琴好像到了自己的家里，毫不客气地大口大口地吃着，美滋滋的。

吃完饭，季春的老婆打扫了一间里屋，让胡琴休息。胡琴这下才知道累了，就给季春招了一下手：

"拜拜！"

季春也感到有些疲倦，就到另一个屋子里休息去了。

下午季春手拉着胡琴到野外游玩，他们来到了一个十分美丽的沟壑。沟壑的两旁长着茂密的榆树和杂草，清澈的泉水由山顶倾泻而下，发出隆隆的响声，二十来米的瀑布在阳光的照射下，呈现出五颜六色的彩虹。湍急的流水被一条土夯的大坝拦腰截断，形成一个宽阔的湖面。粼粼的湖水呈现出碧蓝的颜色。湖面上有一条小船，季春拉着胡琴走上大坝，来到了小船旁边，季春解开绳子，小心翼翼地扶着胡琴上了小船，季春划着双桨，胡琴则坐在船上横着的一条木板上。今天她穿着粉红色的连衣裙，裙领开放，是一个桃形的花边，小半白皙的双乳裸露着，乳沟深邃，蕴藏着生命的奥秘。季春一边划着双桨，一边直勾勾地盯着胡琴的前胸。微风吹拂着胡琴的长发，轻飘飘散乱地飘向湖面。她的脸颊泛着红晕，美丽的眼睛水汪汪地目视着湖面，打量着这里的风景。季春划着瞧着，心里有说不出的滋味。

这滋味，温馨而甜蜜，亲切而欢悦。但是，他好像又觉得是一朵带刺的玫瑰，随时都有被刺疼的危险。然而，面对这样一位美丽的姑娘，季春能不动心吗？季春的心像小鹿一样不由得怦怦地跳着。他放下双桨，来到胡琴的身边坐下，胡琴则顺势倒在季春的怀里。季春低下头热烈地亲吻着胡琴，并且，伸手抚摸着胡琴那白皙的双乳。胡琴浑身颤抖着，嗓子不时地发出欢悦的呻吟。

他俩在小船上亲热了一番后，由大坝来到了瀑布旁。除了瀑布的响声，沟壑幽静而湿润，胡琴突然大胆地脱掉连衣裙和乳罩，只穿一条裤衩，裸露着白皙的胴体，一步一摇地走到一处不太大的瀑布下，高举着双臂呼喊道："啊——！飞流直下三千尺，疑是银河落九天。多么爽快，多么自由呀——！"任凭流水飞泻在她那光滑的肌肤上。季春站在水沟里发呆，眼睛直勾勾地看着，不知说什么好。胡琴的长发顺着流水，铺盖在她那光滑而夺目的胴体上。不一会儿，胡琴干脆连裤衩也脱掉了，裸露着全部身体，像一尊雕刻而成的人体塑像，亭亭玉立在那里，神圣而美丽；秀丽而尊贵，任凭流水抚摸着她那光滑而夺目的玉体。

季春看得眼都傻了，眼前的一幕，简直像是来自西欧的一幅女性裸体山水油画，好似圣女玛利亚，美妙极了。季春不由得高呼：

"妙呼哉！山水之间；娟娟兮！流水之中。"喊着喊着，季春又环顾四周，赶忙又喊道：

"好了！你就不怕感冒了，快穿上衣服。"季春着急地喊道。其实七八月的天，他并不怕胡琴感冒了，而怕别的人瞧见了。

胡琴则捋着长发说："你也过来啊——！"季春赶忙脱掉自己的上衣走到瀑布跟前，把胡琴从瀑布中拉了出来，给她披衣服，而胡琴就是不披，裸露着身体。季春心切地将她抱起，来到沟壑旁边的湿草地上。他俩躺在湿草地上，忽然，胡琴光着身子翻身压在了季春的身上，季春搂着胡琴那光滑而温柔的身子，狂吻着，不一会儿又翻身压在了胡琴的身上，并且，把手慢慢地滑向她那最隐秘的地方……心悦极了。胡琴颤抖地温馨说："快点嘛！"季春强忍着身体里的雄性荷尔蒙的刺激说："我不敢……"

"什么不敢，你什么都看见了，还……"季春是过来的人，他知道后果的严重性，就是不敢动真的。但是，他还是吮吸着她那光滑而温柔的玉体。胡琴呻吟着，幸福的泪水缓缓地流淌着。

"快点……快点……"胡琴喘着气，催促着，季春摇着头就是不敢那个。而胡琴用手拍打着季春，季春任凭她拍打，只管吮吸着她那起伏不定的温暖的玉体。

胡琴像疯了似的，扒光了季春的衣服，一对赤裸裸的身体在湿草地上来回地滚动着……柔嫩的小草被压扁了，酥软的湿草地上挤压出一汪清水。

夕阳缓缓地落在了西山上，在西山的峡缝里，投射出一道道霞光，把沟壑映照得红彤彤的。飞泻的瀑布像披了一张五颜六色的花裙，在流水的作用下，变换着各种色彩，而且，飘动着、舞动着，不时地发出隆隆的响声。

季春和胡琴穿好衣服，从沟壑里上来，已是傍晚。他俩披着晚霞，满面春风地哼着小曲回到了家里。正好季春的母亲做了一锅香喷喷的荞面，当地叫饸饹，胡琴没有吃过，拿着筷子夹着饸饹新奇地一边吃着一边说："香！真香！"

吃过晚饭，季春领着胡琴到供销社的门市部转，门市部的营业员看到季春都过来打招呼，并且，用异样的眼神瞧着胡琴，胡琴只是低着头，不说话。过了会，他俩回到了家里。

季春的母亲安排胡琴到打扫过的一间里屋的炕上睡下，他和老婆到自己的卧室也睡了。时间长了，季春和老婆不免有一番折腾。胡琴睡在里屋，隐隐约约地听到那边有女人的欢悦呻吟，想了想，也就入睡了。

第二天周末的下午，季春领着胡琴到塞东乡街上闲逛，忽然看见李老头牵着乡里的一匹配种的骏马在街上溜达，季春就拉着胡琴走到李老头跟前，李老头说：

"季春上学回来了？"

"嗯！大叔您好。这是乡里的那匹种马吧？"

"好！好——就是。这是……"李老头佝偻着腰，眯着眼睛一边应声一边问。

"哎——！这是我表妹……"

"表妹？我怎么从来没有见过你这么俊的……"李

老头有些狐疑地还要往下说，季春赶忙打断说：

"老头子就别问了，您的马借我用用。"

"这可是乡里的种马？精贵得很。"

"什么精贵不精贵的，不就是一匹配种的马嘛。"季春一把拽过缰绳，把胡琴扶上马鞍，自己也跨到马鞍上喊道："驾！驾！"李老头无奈，只好说：

"慢点，不要把闺女摔着了——"

季春左手搂着胡琴，右手拽着缰绳，用脚跟轻轻地踹了一下马肚，那马飞快地跑了起来。胡琴吓得紧紧地拽着马鬃。季春说：

"别怕！以前我经常骑它，可听话了。"

季春和胡琴骑着马奔驰在广阔的草原上。一会儿越过了草原上那古老的墩堠，一会儿又越过了古老的战台。他们的耳边，不时地传来呼呼的风声。绿草茵茵，人欢马叫，好不爽快。

他俩很快来到了长城脚下。这条长城是明朝长城，距今已有五百多年了。历经沧桑，两边裹着的城砖都没有了，裸露着黄土夯的土墙，土墙历经了千年的风雨冲刷，矮了许多。季春拉住马，把胡琴抱了下来，拉着她的手爬上长城，来到了烽火台上。季春一边讲解着这里古老的传说，一边用指着古老的边塞。风儿呼呼地撩起胡琴那长长的秀发，醉人的馨香不时地传入季春的心扉。季春嗅着馨香讲道：

"商朝时，我们这一带属于鬼方之地，居住着羌、猃狁、狄等少数游牧民族。商朝武丁时期，对鬼方进行了大规模的战争，连战三年而捷。秦朝的大将蒙恬，汉朝的卫青、霍去病都曾在这里打过仗。前面隐隐约约看得到的低矮的土墙，是隋朝长城。隋朝开皇五年（585年）调发丁夫3万开始在此修筑长城，绵延七百里，直达山海关。"胡琴听得津津有味，不时地盘问着季春。

"什么叫墩堠？"

"就是古代瞭望敌方情况的土堡。"

"那烽火台呢？"胡琴指着脚下问。

"烽火台也叫烽燧，古时候遇到敌人来犯，边防人员点起火来报警。夜里点的火叫烽，白天点的火冒的烟叫燧。'燧'是'火'字旁放个'遂'字。"季春讲着，并用手比画着。

"原来这里是古代边塞？"胡琴疑惑地问道。

"是的——过去狼很多，人们常拾狼的粪便当火烧，所以叫狼烟。'烽火遍地，狼烟滚滚。'就是指的这个。当它点着时，附近的烽火台也点着，远方的烽火台紧跟着也点着，一个个连成一片，就像一条火龙传到了京城，皇帝就知道有情况了。它是我国发明的最古老的通信。"

"是吗？那'烽火戏诸侯'是不是就说的这个？"

"是的。你还懂得点历史？"

"就你懂！别人都是傻子。"胡琴有些不高兴了，一屁股坐在了烽火台上。季春赶忙也坐下，摇着胡琴说：

"别生气了，都是我不好。"

他俩走下长城，马正在吃草，他俩就躺在草地上。胡琴上身穿着米黄色的衬衫，下身穿着乳白色的裙子，显得格外靓丽。季春翻过身子，用小草挑逗着胡琴那美轮美奂的鼻子，胡琴则一边笑着一边用手挡着，不一会儿，他俩紧紧地搂在了一起。

季春亲吻着胡琴，胡琴的小嘴属于 E 型类，上下唇薄厚一致，唇的弧度、曲线优美流畅，赋予性感，柔嫩而湿润。季春亲吻着、吮吸着，胡琴则欢悦地呻吟着，并用手搂着季春的脖颈，在鲜嫩的草地上来回滚动着……季春将手伸进胡琴的乳罩里抚摸着。不一会儿，又用嘴亲吻着胡琴那白皙的双乳，胡琴的脸颊泛着红晕，喘着气，颤抖着身子，白嫩的大腿上下搓着。季春撩起了胡琴乳白色的裙子……

绿草蓝天，白云朵朵，马儿不时地瞧着他俩。远方有一个放牛的小孩赶着牛群"哞——哞——"地向他俩走来。季春赶忙扶起正在欢悦的胡琴说："有人来了。"胡琴一脸的不高兴，拍了拍身子，向远方瞧了瞧。

季春骑到马上，把胡琴拽了上来，他俩一路狂奔，回到了乡里。

胡琴在季春的家里住了三天，吃得好也玩得高兴。到了第四天早晨，邵师傅要到市上进货，季春就把胡琴交给邵师傅，送她回家，临别时，胡琴有些伤感，这一别不知什么时候才能再见，就从衣兜里掏出一块手帕。手帕是红色的，中间是盛开的一朵玫瑰花，两边是含苞待放的两株花蕾。胡琴将这块手帕慎重地递给了季春，含着眼泪上了车。

季春赶忙从衣兜里掏出一个笔记本说：

"你是我的红颜知己，没有什么送的，这个就送给你，作为留念。"胡琴站在车门的踏板上，接过笔记本，打开一看，扉页用隶属写着一行古诗："上邪！我欲与君相知，长命无绝衰。山无陵，江水为竭。冬雷震震，夏雨雪，天地合，乃敢与君绝。"胡琴看着看着泪水不由得夺眶而出，随着点了点头说：

"我永远记住。"接着，带着一腔的别恋和伤感，转身坐在了副驾驶座上。车开了，季春举着红色的手帕摇着，心中十分酸楚地说：

"再见——！常来信。"

一个多月过去了，季春的心像疯了似的，老不安静，于是，他专程去了江南县，找到胡琴，胡琴不知什么原因没有回南方，却在一家副食品厂工作。季春见到胡琴，胡琴剪短了长发，在头顶上盘着高髻，满脸的郁闷和忧愁。季春拉起胡琴细嫩的小手关怀地说：

"还好吗？"胡琴眼泪汪汪的低着头不言语，季春看出了她心中的端倪，于是一把搂过胡琴，胡琴急促地呻吟着，好像有天大的委屈，季春心疼地说：

"我是有家室的人，虽然我爱你，你也爱我，可我们能做什么呢？你嫂子虽然是一个村妇，但是，憨厚淳朴，维持一大家子，我能撇下他们吗？我们只能是相见恨晚，尤其是你——胡琴，含苞待放，青春靓丽，将来有无量的前程……"季春一边说着一边拍了下呻吟着的胡琴又说道：

"好了，别哭了，南方是改革的前沿，那里是你大展宏图的地方，将来你发达了，可别忘了我哟……"

胡琴慢慢地抬起了头，似乎是听懂了什么，带着抽泣声说：

"没什么，我就是心里难受……"

"我知道，我知道。"季春领着胡琴找到一家餐馆，边吃边热聊了一番，就告别回家了。自此之后，就再也没有见到胡琴。半年后，他听说胡琴去了南方。

三十年过去了，季春在供销社里当主任，搞购销工作。一天他接到凤城同学发来的短信说：要在凤城搞同学聚会，季春很高兴，这下可能见到胡琴了，就赶忙准备。

然而，当季春兴致勃勃地参加同学聚会时，胡琴却没有来。但是，让他感到欣慰的是：联谊会开得隆重、有气氛，许多同学三十年不见了，相聚叙短长；碰杯誓钟情。歌声绕梁荡壁尘，笑语欢乐瞻前程。

阵阵歌声把季春由回忆中惊醒，他看着尤班老泪纵横地说：

"现在的日子太好了，舒心畅怀，什么都不愁……"季春则垂着头，瞧着那块早已褪了色的红手帕，往日的生活像滴滴的泪水流在了手帕上……

桃花梦

　　仲春吃过午饭，躺在床上休息，不一会就进入了梦乡。他睡着睡着，迷迷糊糊地觉得，有个人影在眼前晃动。仲春定睛细看："呀！是贺青珍。怎么又梦见贺青珍了。"

　　贺青珍是仲春四十多年的同班同学。这些年，每当仲春睡觉时，她总是时不时地出现在梦里。只见贺青珍在梦里长发披肩，脸色苍白，一双美丽的大眼睛含着泪花，显露出悲戚的目光。她，痛苦地说：

　　"仲春！我得病了，浑身疼痛，实在难忍。"

　　仲春则说："有病，去医院呗，找我干吗？"

　　贺青珍一脸的不高兴，跺着脚，一甩手不见了。

　　迷迷糊糊中仲春又梦见许多奇怪的事。其中：有一个场景让他十分惊恐。只见一条恶狠狠的藏獒紧追着一条白狐不放，那条白狐在雪地里亡命地奔跑，并且，不时地回头发出"嗷！嗷——！"的惨叫。藏獒越追越近，眼看就要扑倒白狐时，仲春急忙大喊："快跑！快跑——！"结果仲春吓得从梦中惊醒。

　　仲春看了一下手表，此时已是中午两点半了，就赶忙起来，到卫生间，随便收拾了一下，上班去了。到了下午，仲春下班回家吃了晚饭，闲着无聊，正在家里看着新闻，忽然手机响了，他收到了一条不寻常的短信。这条短信正是贺青珍发来的，上面写着："老同学：你好！我得了严重的类风湿病，已住进凤凰市附属医院，在内 6–59 号。从上学到现在，我很对不起你。说实话，从内心我也很想你，只不过我这人，年轻时很是清高，无论穿衣交友都是匠心独具、别具一格的，结果落了个孤家寡人，孑然一身，凄凉啊——"

仲春看完短信，喃喃道："真是邪了门了，中午做梦梦见贺青珍，下午就收到了她的短信。"

仲春自从以前过春节时收到过贺青珍"谢谢！"的一条短信外，就是这条了。四十多年来，仅收到这么两条短信。关于今天收到的这条短信的含义，仲春心里很明白，心想："你什么年轻时清高，总之，你一辈子都很清高。'阳春白雪'——和者寡之。到了现在，你想起我了，还说清了病房号。唉——不管怎么说，同学一场，也是我的初恋，先给她回复一条短信再说。回什么呢？"仲春爱好古诗词，随手提笔填了一首《卜算子·爱俏》，词是这样填的：

> 年少喜蝉衣，
> 婷婷秋冬季。
> 爱俏习梅不懂寒，
> 半百方知痹。
>
> 病也不失欢，
> 只有疗伤计。
> 它日花红二度春，

伊在夕阳丽。

　　词填完后，仲春仔细地审查了一会，觉得还行，就给对方发了过去。不一会，对方的回信来了，上面写着："谢谢！好词！我年少时像你说的，无论春夏秋冬为了展现我身材的美感，穿得是少了些，但不像你说的穿得像蝉的翅膀那样单薄，那不是露光了吗？至于我能否二度春，从现在的病情来看，那就不知道喽。"仲春看完回信，很是好笑，心想："说你穿得像'蝉衣'，是形容穿得单薄而已，并不是说你真的穿上了'蝉'的翅膀；至于说美，你从来都是大言不惭，从不谦虚。"

　　的确，贺青珍长得美，美在她的身材，那真的是魔鬼的身材。修长、苗条、匀称标致；体态窈窕，身轻如燕；杨柳小蛮腰，无物比妖娆。无论季节变换，她老是穿得单薄。尤其是冬天，人们都裹着厚厚的棉衣保暖御寒，唯独她，穿着紧身的毛衣毛裤，外套一件风衣，修长而标致。无论春夏秋冬，她把自己的美，永远都彰显在人们的眼前。

　　她，经常留着一头长发，并且，除了头发根部扎着白色的花手绢外，其他的秀发，经常自由地散落地垂在膝盖以下，从来不辫。到了老了，她的长发仍旧自由地散落地垂着，好像这就是她不服老的个性和标志。风儿一吹，潇洒飘逸。她的一生就像她的长发一样潇洒飘逸，自由自在、无拘无束。

　　她的脸是瓜子脸，一盘优美的五官，分布极佳：眉毛黑而修长，特别是略带弯曲的睫毛下一双水汪汪的大眼睛，十分神韵，秋波荡漾，含情脉脉，如同南极白狐寻找食物时的那种直勾勾的眼神。她的臀部小而圆润、十分匀称，走起路来一扭一扭的，摄人心魂，夺人魂魄。一对乳房柔嫩而坚挺。她虽然美丽，但更会卖弄，"娴静时如娇花照水，行动处似弱柳扶风。"一副娇嫩的病秧子。

　　说起仲春为什么对她很关注，以致达到了长久暗恋的程度，其主要原因是：他看了曹雪芹写的小说——《红楼梦》。《红楼梦》中的林黛玉，就是这种"娇嫩的病秧子"，于是他就喜欢上了这种"娇嫩的病秧子"的气质。回到现实，恰好贺青珍的气质、风韵正好符合这种"娇嫩的病秧子"的气质，以致在仲春青少年时的脑海里就深深地扎下了根，烙下了印。这个"根"和"印"，一扎、一烙就是四十多年。使仲春魂不附体，每当夜深人静的时分，她就会从仲春的梦中自由自在地、毫无顾忌地、像是回到了自己的家一样出来，卿卿我我，莺莺燕燕的"巫山云雨"地缠绵一番。春夏秋冬，日日夜夜，伴随着仲春成长、老来。这并不是说，仲春刻意地想要去梦，而是自然而然的、不由自主的她就会从梦中出现。好像是一种习惯，不分白天黑夜，每到睡眠的时候，她就会跑出来。平时仲春对她也并不是那么强烈，现实的生活中也并不多见她，更谈不上往来。人们常说："日有所思，夜有所梦。"可不知怎么，仲春白天并未思她，夜里可就梦见她。她好像是附在仲春体内的一个幽灵，到时候她就会冒出来，仲春暗地里常叨叨："真邪乎了。"

　　仲春拿着手机等着贺青珍的第三次短信，可等了半天也不见来电，仲春只好出去散步去了。

到了夜晚十点多，仲春回到家，看了一会电视，就上床睡下了。到了夜半时分，青珍从仲春的梦中出现了：现实中的她已是五十多岁的半老徐娘了，可她依然长发飘逸，青春勃发，亭亭玉立地站在仲春的面前，一副笑容可掬的样子。仲春说："你不是病了吗?"

"谁说我有病? 我这不是好好的吗!"她满不在乎地说。

"你——"

"什么你我的。"说着青珍拉着仲春的手飘飘然地到了一个地方。这个地方广漠无垠，沙丘连绵起伏，然而，在沙丘上却长满了树木，树木茂密，郁郁葱葱。在沙丘的中央还有一潭湖水，湖波粼粼，湖天一色，粼粼湖波，星星闪闪。尤其在密林深处，还有许多欧式的小木屋，距离木屋不远处，是一个铁塔，高高地竖立在那里。仲春朦胧中觉得这个地方好像是来过，便拽了一下青珍的手，示意停下。青珍停下轻盈的步履说：

"哈巴湖我来过好多次，这里还好，但不如我们的沙湖美。"仲春感到惊讶，但又答道：

"各有各的特点嘛!"随着得意地朗诵着他最近填的关于哈巴湖的词——《西江月·哈巴湖颂》：

> 塞上明珠翠秀，
> 朔方一叶洞天。
> 红陶石斧五千年，
> 草木幽深一片。
>
> 湖水粼粼碧空，

沙丘鱼贯波澜。

野禽走兽绿浪欢，

哈巴湖光无限。

　　青珍默不作声地听着仲春朗诵的词。仲春回头对青珍说："填得咋样？"

　　"我不懂什么词、诗的，感到好听就行了。你们这些酸臭文人，到哪都想哼两句，也好，给我们的旅游增添了文化色彩。"

　　梦中的贺青珍和仲春来到沙丘树林中的一幢欧式的小木屋里。小木屋——木制地板，人字形屋顶。屋内有桌子，还有一张小床。贺青珍拉着仲春坐在小床上说：

　　"听同学说，你很喜欢我，是吗？"一句自满而高高在上的话，问得仲春有些不自在，一下子脸红了。

　　"看！脸红了，脸红了——你不说，我也知道。"青珍更是得意地拍着手笑着说。

　　仲春说什么呢？心想，你就像幽灵一样只在朦胧中缠着我，没有一次现实的，使我"不得开心颜"。青珍瞧着仲春默不作声的样子，就急忙摇着仲春的肩膀说：

　　"你看着我，看着我。"仲春慢慢地抬起头瞧着青珍。青珍的大眼睛湿漉漉的，睫毛上还沾着晶莹剔透的小泪珠；小翘鼻子上也渗出了一层薄薄的汗水；粉唇张开一条缝隙，露出雪白洁净、整齐饱满的牙齿。仲春不由得伸出双手捧着青珍那泛红的脸颊，并把头慢慢地伸了过去。青珍微微地闭着双目，粉红的嘴唇颤抖地张开了……"汪汪——！"一阵狗的叫声把他们从温柔乡里惊醒。

青珍拉着仲春飘飘然飞出了小木屋。仲春只觉得耳边"呼——呼——"的风声。他，鸟瞰下面，一座座绿茸茸的高山从身下闪过；一块块绿莹莹的稻田从身下掠过；一座座繁华的城市从身下飞过，忽然间，一条蜿蜒曲折的大河展现在他俩的眼前。仲春不由得惊喜"啊——黄河！"一条滔滔不绝的大河由西向东奔流而去……

　　不一会儿，他们又来到了另一个地方，仿佛是凤凰市的沙湖。他们站在高高的沙丘上，风儿袭来，青珍的长发，高高飘扬，像飞起的瀑布，在仲春的脸颊上拂来拂去，十分瘙痒。仲春只好紧挨着青珍的身边站着。他，放眼眺望，万顷碧波，千亩芦荡；水鸟不时地上下俯冲着，水面上时而有鱼在跳跃着。青珍说：

　　"好吗？美吗？"

　　仲春说："好看！"

　　于是，青珍拉着仲春像飞一样，飘飘然来到了湖边的木制走廊。他们坐在走廊的栏杆上，这时，仲春生怕青珍又要飘到哪里去，就赶紧拽住青珍，青珍软绵绵的身子顺势倒在仲春的怀里。仲春轻轻地捋着她那散乱的长发，并且，把捋顺后的长发放在了自己的右臂边上，青珍也就把头枕在了仲春的右臂上。

　　仲春抱着青珍温柔的身子低着头仔细地瞧着青珍，青珍微微地闭着颤抖的双眼……微风袭来，青珍的长发摇曳着。其长发从仲春的右臂上垂下，眼看就要垂到湖面上了。小鱼像是瞧着什么，一个一个地往上蹿。青珍这时根本就察觉不到，也顾不上，只管和仲春亲热着……

"春，你这些年都干些什么？家里都好吗？"青珍挪着头柔情地问道。

"还好，除了上班，业余时写点诗词什么的。"

"妻子对你好吗？"

"还好，就是脾气倔，爱叨叨，爱玩。"

"那你可要让着点。"青珍用手点着仲春的前额说道。

"哪能不让。"仲春有点不耐烦了，随着把嘴唇压在青珍的小嘴上，热烈地亲吻着。青珍从嗓子里不时地发出一阵阵亲昵的响声，仲春听着这响声，越发激动，紧紧地搂着青珍，并伸手解开青珍的衣扣，摸着柔软温馨的乳房……

突然，"你不上班了——！"仲春的妻子一声吼叫，把温柔乡里的仲春从梦里惊醒。仲春不情愿地摇晃着脑袋，心想："真扫兴！"

仲春起来，穿好衣服，看了一下手机，愣了半天才生气地甩了一句："开什么玩笑，今天是周末，上什么班！"说着仲春把门拉开，妻子早已不见了。仲春洗漱完毕，坐在沙发上，点了一根烟，深深地吸了一口，在想着什么。过了一会，他把手机打开，又仔细地看了一下，心想："青珍告诉了我她的病房号，这分明是在暗示自己去看她，但又不好直接说明。"仲春想着想着："去也不去？唉——人在难处，多有不便，好长时间不见了，还是去一趟吧。"于是仲春走下楼，骑着自行车径直来到事先想好的烈士园林。

仲春放下自行车，来到一棵盛开着桃花的老桃树下。这棵老桃树不知已有多少年了，但它就是当年仲春摘过桃花的那棵桃树。每当仲春来到烈士园林晨练或晚上散步时，都要回头看看这棵老桃树。今天，仲春像是对待亲人一样，一边抚摸着老桃树，一边回想着当年的那些事和那些事所引起的一系列的、久久不能忘怀的往事。正是从这些往事起，使仲春魂牵梦萦了四十多年。

　　那是 1974 年的春季的某一天下午，也就是仲春上初中时的一次课外活动。同学们中的女同学有的踢着毽子，有的跳着绳，而男同学则一伙一伙地靠着教室的墙壁——调侃着。仲春和几个调皮的男女同学跑到南边的烈士园林的围墙下，偷偷地从围墙上翻了过去，来到烈士园林玩耍。他们一伙玩着耍着来到了一棵盛开着桃花的桃树下。女同学指着桃树上的桃花，让男同学上去摘，几个男同学一拥而上，抢着摘桃花。这时，有个女同学娇滴滴地喊叫："我要那一枝——"仲春还没有上树，他顺着声音转过头一看，一个身材苗条，亭亭玉立的、漂亮的女同学喊道。于是仲春毫不犹豫地上了树，摘了一枝盛开着桃花的树枝，赶忙跳了下来，递给那位身材苗条，亭亭玉立的、漂亮的女同学。这位女同学嫣然一笑地接过了仲春递给她的桃花。事后，仲春才通过同学打听到，她是从石油学校转过来的，名叫贺青珍。那时候的贺青珍，碧玉年华，纯清美丽。除了扎着两根小辫子外，天真烂漫，纯真无邪；含苞欲放，荷露欲滴，一切都是那么自然。简直是春天里刚破土的嫩芽，出水的芙蓉，美极了。好像在哪里见过，仲春思索着："呀！这不是《红楼梦》里的黛玉吗？"仲春很早以前就喜欢看《红楼梦》，被《红楼梦》中的林黛玉深深吸引着。从那以后，仲春关于她的梦就开始了。无论上课，还是劳动，只关注她一人。尤其是上课时老盯着她发呆，以至于老师讲的什么他都不知道。

有一天上午正在上数学课，常老师在讲台上孜孜不倦地讲着平面几何——三角形内角和定理。只见仲春呆呆地坐在那里凝视着青珍。常老师回头看见仲春发呆，就冷不丁地高声喊道：

"仲春！这是什么定理?"仲春一时间没有回过神来，就慌忙地站了起来答道：

"青珍定理——"

"什么？你再说一遍，什么定理？"常老师好像是没有听懂，接着追问道。一下子整个教室里的空气像是凝固了，同学们都愣在那里，不一会，所有的同学都哄堂大笑起来，有位同学站了起来起哄道：

"常老师——仲春说：'青珍定理!'"常老师还是没有听懂。仲春站在那里羞得满脸通红，不知所措，恨不能一下子窜到地下。而贺青珍则回头用她那白狐一样的眸子恶狠狠地瞪着仲春，好像在说："开什么玩笑!"仲春不敢看贺青珍，只管垂着头不作声。从此"青珍定理"就成了仲春班下课时的笑料。

到了秋季，是同学们最热闹的季节。那时，每逢秋季，学生们都被安排到农村帮助收秋。有一年的秋季的某天早晨，仲春的班被安排到远离县城七八十公里远的红井子公社收秋。因为路途远，时间长，同学们都带着铺盖、洗漱用具和镰刀。公社派来了两辆拖拉机拉他们，仲春看着青珍上了第一辆拖拉机，就紧跟着上去了。今天的贺青珍穿着不知从哪弄的女式黄色军装，下身穿着蓝色的裤子，脚上穿着蓝色的帆布球鞋。留着两根用红头绳扎着的小辫子。而且，右鬓角上也用红头绳扎着一绺头发，显得格外特别。贺青珍的一生最明显的特点就是别样和潇洒。这时她初露"别样"的端倪。

"嘟——嘟——"拖拉机开动了，向着南方红井子公社驶去。那时的公路不是石子路面就是土路。一路上不光是尘土飞扬，而且，由于运输的工具是拖拉机，拖拉机的头和车厢不是一体的，行驶起来车厢摇摇晃晃，再加之，路面不平，上下颠簸，同学们很是难受。好像坐在了一条漂浮在波浪翻滚的大海上的小船上，五脏六腑都在翻滚。仲春生怕青珍那单薄的身子受不住，就尽量悄悄地靠近青珍坐下，并把捆好的铺盖垫在青珍的身后，减轻些摇晃。

经过两个多小时的上下颠簸和尘土拂面，终于到了红井子公社。同学们简直成了灰榔头。有的女同学事先准备了头巾，还好；有的则从头到脸全是尘土。同学们跳下车，有的在拍尘土；有的则"哇——哇——"地朝地上呕吐着。贺青珍平时就爱美，早就准备了头巾，就这样，眼圈和脸颊的颜色还是不一样。眼圈好像变得更大了，因为眼角边有一圈细细的尘土。没过多时，社员们提来了水桶，端来了脸盆，同学们一拥而上，你抢我夺地争着洗脸。仲春抢过一个盛满水的脸盆，有意端着跑到贺青珍的身边蹲下，贺青珍乘势蹲下，并伸出修长而柔嫩的手，和跑来的几位女同学一起洗着脸。同学们洗漱完毕，由公社的负责人按人数的多少，将同学分成四组。那时，仲春的班共有43人，有3人有病来不了，刚好十人一组，自由结合。仲春当然愿意和贺青珍待在一组。其他组由二、三、四队的队长带去。仲春和贺青珍的组由一队的队长带着，背着背包向村子里走去。村子位于公社南边的大山里。

盐州县所谓的大山尽是些土山。这里由于水土流失严重，沟壑纵横，道路蜿蜒，一山望不到另一山。

一组同学紧跟着队长在弯弯曲曲的土路上慢腾腾地走着。一会儿向上，一会儿又向下。转弯时，首尾不见。身边的沟壑有七八十米深，有的还不见底。仲春看到这阵势，紧挨着青珍走，并且还帮着青珍提着背包。青珍一路上也察觉到仲春有意在帮自己，因此，也不时地主动给仲春擦汗。不知走了多少时间，太阳已经偏西了，这才到了村子。这哪是村子，根本就是半山腰上的一孔孔窑洞罢了。队长把同学们领到一个有窑洞的大院子里，先是给三位女同学安排了住处，而后领着七位男同学来到了两孔窑洞的院落里，院落里早已站着两男两女和一个小孩。

队长说："老李、小张，这七位学生就分配给你们了，好好照顾。"回头又对仲春他们说：

"条件不好，不像你们在城里住的是砖瓦房，你们凑合着住吧！等等我叫你们吃饭。"

仲春接着说："窑洞、窑洞，冬暖夏凉，神仙住的地方。"队长笑着说："那你们也当回神仙呗。"

姓李、姓张的老乡领着同学笑着分别走进了各自的窑洞。仲春和三位同学住左边姓张的老乡家的窑洞，其他三位同学住右边姓李的老乡家的窑洞。

仲春走进窑洞，只见窑洞里点着油灯，虽然不怎么亮，人还是能够分清。窑洞里有一股土腥和烧柴火的混杂味。从窑洞的结构来看：紧挨着窑洞的门后是一条大土炕，土炕上铺的是羊毛擀的毡；炕的里面是叠着一层层长长的被褥；土炕的尽头是锅灶；再往里面，码的是用麻袋装着的各种小杂粮。土炕的对面是一个大木柜。仲春和同学环视了一下，把铺盖扔到炕上，并把镰刀抽出来，放在地上。张老乡说：

"我们这不好走，你们累了吧？先休息一下。"

"不客气，有喝的水吗？"一位同学说。张老乡提过放在灶台上的暖壶，又拿了几只碗，小心翼翼地把水倒在碗里，仲春和同学过来刚要端碗喝，只见碗中的水浑浊而发灰，仲春和同学你看我我看你没人敢喝，这时有位同学说：

"这是什么水？咋这么个颜？"

"这是窑水，我们都喝这种水。"张老乡说。

"什么叫窑水？"这位同学又问。

"你们过来。"张老乡挥了一下手。仲春和同学跟着张老乡走出窑洞，来到院子的东边。这里地势低落，有一个圆形的突出物很明显，上面盖着木制的大锅盖。张老乡揭开木制的大锅盖，仲春和同学簇拥在一起把头低下一看，原来是一口大地窑，其直径足有三米多，深有五六米，下面就是浑浊的窑水，足有半窑水。水面上还漂浮着许多羊粪蛋，仲春和同学感到有些发毛。来的时候就听说这里缺水，没想到这么严重。张老乡给同学解释道：

"这是我们家这几年收的水。这是其中的一口窖，还有两口在窑洞顶上的半山腰上。大户人家有四五口，是人畜饮水的主要来源。我们这并不是说雨水很少，主要是黄土高原，雨水留不住，下一次都流到沟里了，只能用这种办法。"

"噢！原来是这么回事。"其中一位同学说。

他们说着走进窑洞，仲春和同学实在憋不住，就端起碗喝了起来。还好，可能是雨水，水是甘甜的，就是有股土腥味。他们正喝着，队长来了，把同学都集中到一孔大的窑洞里，听说这里是队长的家。仲春和六位同学走进队长的家，贺青珍和两位女同学已经坐在八仙桌前吃饭，吃的是羊肉炖青萝卜和黄米饭，还有咸菜。女同学见男同学来了，赶忙站起来让座。男同学可能是饿了，毫不客气地过来抢着吃。仲春瞧着青珍在，就有些斯文，而青珍瞅着仲春的样子，急忙过来夹了一块大的羊肉放在仲春的碗里说：

"谢谢！你帮我提包，这是慰劳你的。"仲春接过羊肉自豪地吃着。其他同学不愿意了，起着哄：

"我也要，我也要。"其中一位女同学解围道：

"你们不帮忙，还想慰劳。"

男同学异口同声道："帮帮，明天帮。"

吃过饭，天色渐渐地变黑了。男女同学按照事先的安排各回各的窑洞了。

仲春站在窑洞院落的大门旁，望着对面沟沿上的半山腰：只见半山腰上有点点的亮光，这亮光恰与秋季高天上的星星相映，高天厚土，星星点点，仿佛天地成为一体。这里的景色虽然独特而优美，但是，它掩盖不了这里的荒芜。其实那点点的光亮，是一孔孔的窑洞里发出来的微弱的、油灯的光亮。它是一户户村民们温馨的家。仲春不敢想象，世世代代，祖祖辈辈的人们就生活在这里。山是无绿色的土山；路是尘土飞扬的土路；水是浑浊而不清的水；灯是微弱的油灯；家是一孔孔的土窑洞，只不过冠名为神仙之居。哪来的神仙？就是有神仙也不会到这里来。就连到公社的运输工具都是摇摇晃晃的拖拉机。仲春看着想着，什么叫艰苦的环境，这里就是。老师常说，到艰苦的环境中去锻炼、去磨砺，才能战胜更大的困难。要不这里的人们能够世世代代，祖祖辈辈地生存在这里，因为他们有一种战胜大自然的伟大力量。

仲春一边想着一边又觉得累，于是回到窑洞里和同学睡下。因为走了一天的路，仲春和同学很快进入了梦乡。

到了第二天早晨，天还麻麻亮，仲春和同学就被一阵骚动惊醒。只见张老乡和女人在灶台上忙乎着，一阵小米的清香扑鼻而来。仲春和同学意识到：吃早饭了。于是乎，大家赶忙起来，穿好衣服，叠好被褥，洗漱一番。一个个端着碗吸溜吸溜地喝着小米粥，嚼着馒头，就着咸白菜。吃过饭，大家拿着镰刀又被集中到队长的家。不一会，社员们拿着镰刀都来了，队长说了声："起身！"于是，社员和同学跟着队长上了山。

走了一段弯弯曲曲的山路，大伙来到了山上，只见眼前一亮，那大片大片的糜子，金灿灿的，被风一吹，翻着金色的波浪。

　　大伙来到糜子地旁，队长说："一字形排开，每人四行，往前割。"于是，大伙手拿镰刀轮了起来。仲春紧靠着青珍的身边往前割。仲春是校武术队和体操队的得力队员，因此，干这点活不算什么。只见他右手拿着镰刀，搂着糜秆，左手抓着糜穗，用力往下一割，随着右腿往后一抬，动作十分娴熟，并且紧跟着社员飞快地往前窜，不一会，就到了地头。仲春没有休息，而是很快地转过身子，面对着青珍继续往前割，由于仲春和青珍是相向割，不大一会他们相遇了。青珍慢慢地直起腰来，抬起头，一盘瓜子脸像细雨中盛开的桃花，通红通红的。她略有痛苦地一边强笑着说："谢谢！谢谢！"一边东倒西歪地用手捶着腰："哎呀——哎呀——"地直叫。仲春走到她的身边让她休息一下，她听话似的往地上一坐，还叫着："我的腰、我的腰——"仲春心疼地过来帮她揉腰，这哪是腰，像湖边的垂柳，细嫩而柔弱。仲春揉着，但又寻思其他的女生多心，揉完后就又帮着那两位女生割着。其他的男同学割完自己的，也过来帮着割。割到日升三竿，队长喊着："休息了——！"大伙才停下。

　　仲春拉起坐在地上的青珍跟着大伙一起来到了地边。这里，临时挖了两个土锅灶，旁边放着两张小桌子，小桌子上放着两碗咸菜。几个女社员正忙着烧水做饭。烧的是木柴，烟熏火燎的，一个锅里下的是挂面，另一个锅里炒的是鸡蛋。"嘿！这不是露天食堂吗？"同学们都想起小时候玩锅锅家家的事，觉得熟悉好玩，都簇拥过来看。

　　不一会儿，几个女社员就把饭做好了。鸡蛋挂面就咸菜，同学们吃得还是蛮香的。大伙一边吃着一边谈笑着。这时，有位同学在远处一边喊着"蛇！蛇!"一边跳着。

　　仲春和同学都起来跑了过去，一看是一条一米多长的蛇。仲春壮着胆子用右手掐住蛇的脖子，左手抓住蛇的身子，和同学们来到锅灶旁边，队长说："啊——这是条草蛇，能吃。"于是队长小心地接过来，用石头砸蛇的头，不一会，蛇不动了，就扔到锅灶底下烧，不大一会，蛇烧熟了，队长用棍子拨出来，大伙你夺我抢地吃了起来。仲春也抢了一块，走到青珍跟前说："你也尝点。"青珍只管摆手说："拿掉！拿掉！吓死人了，还敢吃。"仲春和男同学们稀罕地尝着："香！香！真香!"

　　大概过了两个钟头，队长喊着又开始割糜子。就这样，从早晨到下午，金灿灿的糜子躺了一地，像是撒了一地的金子，在夕阳的照耀下金晃晃的，非常夺目。队长见女同学身体柔弱，就让她们干搂糜子、捆扎糜子的活。等割完后，大伙和女同学一起搂的搂，捆的捆，经过一天的劳动，这片糜子总算割完了。几个年龄比较大的社员拉着驴、骡上来，把捆好的糜子放在驴、骡身上驮着下山了。大伙也收工了，跟着往山下走去。村民们各回各的家了，仲春和男同学往各自住的窑洞走去，女同学则回她们住的窑洞了。

　　仲春和一起住的同学回到窑洞，张老乡的女人已经把饭做好了，吃的是酸汤荞面。仲春和同学端起碗吃了起来，每人都吃了三大碗。他们刚放下碗，三位女同学和男同学走了进来说："你们吃的什么？这么认真。"

"酸汤荞面，你们呢?"仲春答道并接着问他们。

"哎！吃的是黄米饭就咸菜。"一位女同学唉声叹气地答道。

"黄米饭真扎嗓子，真不好吃，我们家吃的是白米饭，从来不吃这个。"青珍则娇滴滴地说道。

"刚来时在队长家吃的是羊肉，今天却没人管了。我们在李老乡家吃的是黄米掺玉米粒，真不好吃。不过今天还吃了点蛇肉，有点荤腥。"一位同学说。

这些话搁到现在人们可能要把他当成傻子。唉！时代不同了，那时，油水少，吃粗粮确实不好吃，对身体也没有多大好处；可是现在肉食品多了，油也多了，身体却吃坏了。不是得糖尿病就是得高血脂，反而又要吃粗粮。

仲春见女同学站在那里说话，就招呼她们坐在炕上。于是，男女同学都挤着坐在炕上拉话。仲春挨着贺青珍坐着，其他的男女同学也一个一个地挨着坐下。这时，青珍轻轻地拽了一下仲春说：

"哎！给我们讲个故事吧。"同学们一听："对对，讲故事。"仲春看着同学们都在央求，就说："好吧！"仲春清了清嗓子略有所思地说：

"讲个什么呢？就讲《梦中情人》吧。"

天黑了，窑洞里仅点了一只油灯，显得昏暗，就在这昏暗的油灯下仲春开讲了：

"从前，有位初中的女学生叫小娟，每天都做同样一个梦。梦里总有一个英俊的男生对她说：'小娟！你来嘛，你来找我嘛，我一定等你……'终于有一天，梦里的小娟忍不住了，于是问梦中的那位英俊的男生：'你是谁？我怎么才能找到你呢？'梦中的那位英俊的男生说："明天中午 12 点在某某公园的站台上来找我，我的下巴有一颗红痣。'小娟从梦中醒来，觉得很奇怪，就匆匆忙忙找到自己的好友，并把一切告诉了好友，好友答应同她一起前往。中午 11 点 55 分两人在约定地方等，等了一会却不见英俊的男生来。天气炎热，小娟就对好友说："太热了，我到对面买两把扇子，你在这里等我。'说完就匆忙地过街了。就在这时，一辆车子猛地冲了过来，只听一声惨叫……好友跑过来一看，小娟倒在了血泊中。公路上的人们一下子围了过来观看。司机也吓得跑过来察看。公路上的人们喊着："快送医院！快送医院！"正当司机打开车门准备把小娟送到医院时，人们才发现这是一辆灵车。而灵车上的玻璃棺材中躺着一个男人，男人的下巴上有一颗红痣……好友恍然大悟，看看手表，现在的时间正好是 12 点整。再探探躺在血泊中的小娟，呼吸已经停止了。"

在昏暗的油灯下，再加之土窑洞阴冷潮湿，同学们听完仲春讲的故事，好一阵子静静的，没有人说话。过了会，你看看我我看看你，觉得瘆人，很恐怖，吓得直往炕里挪，以致都挤在一起了。

"不听这个，不听这个，怪吓人的，重讲一个。"青珍一边用小手摇着仲春一边嚷嚷道。仲春没办法："那就讲个笑话吧！"

"从前，有位县官的头发长长了，就命衙役到街上给他找一个手艺好的理发师。衙役对县官说：'街上的王二手艺不错，理得好。'县官说：'那你就把他给我叫来。'衙役不敢怠慢，就到街上找王二。不一会儿王二来了，就给县官理了起来。县官说：'听说你手艺不错。'王二答道：'老爷您过奖了。''你有这么好的手艺，一年挣不少银子吧？'说完话音一转道：'街上的治安好吧！县衙一年因为治安花不少银子，没人刁难你吧？'王二一听，心里明白，县官又要白理发了。就长叹一声，摸着县官的光头气愤地说：'唉！——辛辛苦苦干一年，还不能养家糊口，有一分算什么，我就不捋你这个鸡——巴——了！''你——你——'县官气得半天说不出话来。"男女同学听后，笑了起来。贺青珍一边笑一边责怪地说：

"谁让你讲骚话了！再重讲一个。"仲春想了想又讲道："从前，有一位瞎子给人算命，算得很准，并且，只需要来的人伸出一个指头就能算出你是干什么的。恰好旁边有一个调皮的小孩，将小鸡鸡伸了过去，瞎子一摸，大声喊道：'贵人呐！手指细皮嫩肉的，没有指甲，弹性很好，一定是某局的局长。'同学们听罢，前仰后倒地笑着。贺青珍一边笑一边用她的小拳头使劲地打仲春：

"你又说骚话，让你说骚话！让你说骚话！"

"别说了！别说了！"说着一个个女同学跳下炕笑着跑了出去。仲春和几位男同学觉得天已经很黑了，山路又不好走，于是追出去送女同学。

秋高气爽，星光灿烂，走到山顶，远远望去，西南方一片灯火辉煌：

"哦！那里肯定是石油城！"有位同学喊道。

同学们都往这位同学手指的方向看去，的确，那里灯火辉煌，辉煌中还像天空中的星星一样一闪一闪的。

"那就是我的家。"青珍自豪地说。

周围有的山上还有一束束三角形的光柱，那是还在作业的石油钻塔。这里虽然贫瘠，但是，山里却有着丰富的黑色石油。

"你们看！"青珍用小手指着天空高声地喊道。

一颗流星拖着长长的尾巴从天际划过，周围的星星明亮而闪烁，月儿高高地挂在天宇，俯照着大地；再回首看看眼前：沟壑纵横，山丘连绵，一派山辉川媚的景色。秋风瑟瑟，夜阑人静，半山腰上的窑洞里的灯光早已熄灭了。于是，仲春和男同学送女同学下山，送走女同学，仲春和男同学各回各的窑洞了。

回到窑洞，仲春怎么也睡不着觉，青珍那美丽的身影总是在他的眼前晃来晃去。到了半夜，仲春在梦中梦见青珍，青珍上身穿着女式军装，下身穿着蓝色的裤子，脚上穿着蓝色的帆布球鞋，头上用红头绳扎着两条小辫子，显得清纯而娇嫩。特别是两只水汪汪的大眼睛，在浓浓的、略带弯曲的睫毛下，显得更加神韵。那时候的青春少女纯粹不打扮，自然、清纯、害羞而稚嫩。只见她走到仲春的身边说：

"你羞不羞，讲的什么？"

仲春说："你说我讲的什么？我是为了让大家在一天的劳累中解脱一下，欢乐一下，不好吗？"

"不好，就不好。"青珍执着地跳着说。仲春只好用手指胳肢了一下她，她笑着说：

　　"你坏！我不理你了。"说着往山上跑，仲春在后面追，追呀、追呀，一直追到山上。青珍站在山上　秋风瑟瑟，天高气爽，好不清凉。她，捋着秋风吹起的秀发，指着山下说：

　　"仲春！你过来，过来，你看下面那一群是什么？"仲春朝着小手指的方向看：

　　"哟——是一群灰色的大雁！"仲春惊讶地喊道。大雁在糜子地里低着头，啄着散落的糜子。仲春从地上捡起一块土坷垃，使劲地扔了过去："呼——"地飞起一群灰色的大雁，大雁飞起后不久，在天空中排成了人字形，随着"咯！——咯！——"的叫声，朝着南方飞去。看着这种情景，只听青珍娇滴滴地说："我想家了……"

　　不知什么时候，仲春迷迷糊糊地进入了沉睡中。

　　第三天早晨，队长把社员和学生领到另一个山头去收割谷子。谷子即小米，当年红军到陕北吃的就是这个。小米粥清香可口，是这里女人坐月子时必须吃的主要食物。

　　就这样，仲春和同学在这里一干就是四天。到了第五天的早晨同学们吃过早点，背着铺盖由队长领着往山下走，到了比较平坦的地方，两辆驴拉车在那等着，同学们赶忙上了车，向着红井子公社走去。

　　到了红井子公社，其他三组同学东倒西歪地坐在铺盖上等着，不一会两辆拖拉机开了过来，同学们一拥而上，颠颠簸簸、摇摇晃晃地走了好长时间才进了城。

一晃高中毕业了，仲春遵照伟大领袖毛主席的号召，当知青下乡了，而贺青珍回石油城了。这时期，仲春曾经给青珍写过信，但都是泥牛入海——无一点消息。终于有一天，仲春下乡时，由知青点骑着自行车，带着一起下乡的同学杨梅回城时，正赶上石油队帮助县里修公路。一位留着长发的女青年，举着测量杆子，站在路边，风儿吹着她的长发摇曳着。仲春带着杨梅从她的身边驶过。第二天，杨梅对仲春说：

　　"贺青珍不知为什么来她家了？"

　　仲春问杨梅："她说什么了？"

　　杨梅说："没有说什么，只是说了说家常，但我感到昨天站在路边举着杆子的女青年肯定是她。看到你带我回城了，好像有点那个？"

　　"哪个？"

　　"我也说不清。"杨梅说。

　　仲春心想："她不可能无缘无故地去杨梅的家。肯定是因为昨天她看到我带着杨梅了，她是否出于妒忌，还是什么？"仲春不敢想了。自从这次，仲春再也没有见过青珍。

　　仲春站在烈士园林的老桃树下想着想着，由回忆中慢慢地清醒，便随手摘了一枝盛开的桃花，用事先准备好的塑料袋裹好，装在手提包里。并把自行车送回家，径直来到车站，买了一张开往凤凰市的班车，上了车坐在空位上。迷迷糊糊的似睡非睡地想着、梦着：

　　四十多年过去了，自从贺青珍调到凤凰市工作，和贺青珍在一起的机会没有几次，就是凤凰市的同学的小孩结婚或同学的老人去世时碰到过。

那是在近几年的一个夏天，凤凰市里有位同学给小孩办婚事，同学们都来庆贺。贺青珍吃过席，来到同学的桌前，用矫情的语调说着普通话：

"老同学，你们好！大家好长时间不见了，吃过饭，我请大家唱歌跳舞。"同学们一听，满口答应。

贺青珍说着坐在附近的桌子旁等着。

仲春偷偷地转过头，打量着坐在那里的青珍。只见青珍上身穿着短衣齐腰的喇叭长袖的黑色纱衣外套，内穿蓝花白色的衬衫，下身穿黑色宽松的休闲筒裤，脚蹬一双黑色的高跟鞋。秀发过膝，并在秀发的根部上扎着白色的花手绢。一盘瓜子脸显然经过打扮：脸上涂着淡淡的粉红；浓浓的眉毛黑得发亮；略带弯曲的睫毛上刷着黑色的睫毛膏；小巧玲珑的嘴唇上抹着口红，显得非常前卫和潇洒，美丽得让人们一看，就是一位时尚的贵妇人。

吃过席，贺青珍把同学请到一个歌厅，让同学都坐下，亲自点了几首歌。贺青珍在学校参加过文艺宣传队，歌唱得很好。特别是她在县里的十六堡村下乡学农时，用秦腔唱了《红灯记》中的李铁梅"听奶奶讲"片段，那唱得字正腔圆，铿锵有力；发音干脆，正宗流畅。今晚贺青珍首先唱的是《黄土高坡》。只见贺青珍摇晃着她那飘逸的长发，扭动着杨柳细腰，两条修长的腿，伴随着音响来来回回地抖动着，并且，身体也同时伴随着音乐的节奏摇来摇去。歌声嘹亮，婉转动听；如翠鸟弹水，如黄莺吟鸣。唱得如痴如醉，到了无我的境地……贺青珍一个人抱着话筒疯狂地唱着，直到舞曲开始，她才罢手。其实大家早已经烦她了。仲春一听舞曲响了，这是一个千载难逢的好机会，于是就主动地上前邀请青珍跳舞，青珍很高兴地答应了，并且，做了个被邀请的礼节的动作后，说道："好咪!"

仲春右手搂着青珍的细腰，左手使劲地插捏在青珍右手指的缝隙中，他们轻快地跳着慢四步。这时，仲春才清清楚楚地看到青珍那半老徐娘的"美丽姿容"：本来就消瘦的瓜子脸，虽然涂了淡淡的粉红，更显得两腮无肉；浓而发亮的眉毛下，是一双无光无神的大眼睛；两个眼角边牢牢地爬满了细细的皱纹；小巧玲珑的嘴唇虽然抹了口红，但细细一瞧，有红无润；一条长长的秀发经手一摸，变得粗糙而不光滑；束腰只有骨感而不柔嫩；两对圆润的臀部成了三角形。仲春像搂着套着华丽服饰的一条失去了水分的干柴棒子。此时此刻，仲春端详着眼前这位梦中的情人，霎时间，直觉得酸溜溜的，心想："时间啊——，什么也逃不出你的摧残。"一位漂亮的美人在你的时光中被无情地摧残成这样，变得老态龙钟。不过那华丽的服饰，高昂的嗓音还在，这是她唯一的底气了。

仲春和青珍跳舞时，悄悄地问青珍：

"桃花你知道吗?"

"什么桃花？我不记得了。"

"就是小时候，我在烈士园林给你摘的桃花，你不记得吗?"仲春着急地追问。

"时间长了，我怎么记得?"青珍有些不耐烦了，而仲春则感到有些沮丧。舞跳完后，男同学唱了几首歌，也就散了。但是，正当仲春走出歌厅时，青珍突然跑了出来，紧紧地搂着仲春："对不起，梦中的情人。"接着轻轻地吻了一下仲春的脸颊。仲春一下子蒙了，紧贴着青珍那干柴一样的身体不知所措。过了一会，才拍了拍青珍的肩膀，以示珍重。

仲春回到县里的家，已是晚11点多了，他的妻子早已睡着了。他悄悄地躺下，不知怎么，翻来覆去睡不着觉，回忆今天所发生的事情，想着想着进入了"太虚幻境"的梦乡。

只见贺青珍长发披肩，头上戴着浅蓝色的发卡，上面扎着一个蝴蝶结；两耳垂吊着水晶制作的水滴耳环；一盘瓜子脸柔嫩而红润；长而浓密的、略带弯曲的睫毛下流露出幽娴而清纯的眼神；白皙而修长的脖颈上挂着一串珍珠项链；身穿荷花图案的粉红色的连衣裙，裙摆刚刚垂到白皙的大腿上；柔嫩而圆润的一对乳房，由连衣裙的领口一直袒露到红晕的乳头边。腰间系着打着蝴蝶结的两条翠绿色和嫩黄色的、长长的飘带，飘带不时地飞舞着。只见她长发飘逸，足踏彩云，挥舞着一束桃花道：

"仲春！你不是说桃花吗？这不是桃花，你过来拿呀！"仲春朦胧中听到青珍在叫他，就走上前去瞧：此时的青珍简直把他惊呆了，打扮得如此漂亮、如此美丽，和仙女飞天一般。那束桃花，在她灵巧的手上举着、挥舞着。桃花瓣随着挥舞的动作四处飞溅，漫天飞舞，像冬天里的鹅毛大雪，飘飘洒洒。仲春茫然不知所措，而青珍则飘飘欲仙地、手舞足蹈地、自由自在地上下左右一边飞舞着一边笑着，撒落着桃花。这时，仲春不由得想起了北宋词家大师——秦观的一首词——《鹊桥仙》：

纤云弄巧，
飞星传恨，
银汉迢迢暗度。
金风玉露一相逢，
便胜却、人间无数。

柔情似水，
佳期如梦，
忍顾鹊桥归路。
两情若是久长时，
又岂在、朝朝暮暮。

桃花飘落着，仲春跑着用双手接着那一瓣瓣飘落的花瓣。此时，青珍飘飘然飞了过来，抓着仲春的手直冲九霄。但见脚下：茫茫云海无边无际，云涛雾浪汹涌澎湃。青珍腰间系着的两条翠绿色和嫩黄色的飘带，随着上升的气流而抖动着。不一会，他们轻飘飘地来到了一个金碧辉煌的山上。只见此山：佛光万丈，金灿夺目，炫彩飞舞，紫气祥瑞。青珍说："我——就住在这里。""啊——你是天使？怪不得你飞来飞去，还撒着桃花。"

仲春在朦胧中惊讶地说道。青珍则拉着仲春的手柔情地说："到我家——西牛贺洲去……"

"西牛贺洲在哪里？"仲春问道。

"我不告诉你！"青珍神秘地说道。仲春的心里也明白，只不过不便问罢了。

青珍拉着仲春的手一边凌空飞跃一边得意地说：

"我们的山，高出水平面84000由旬，日月星辰都在我们的半山腰上，下面的地底下1000由旬就是八大地狱。你们人类在南赡部洲居住，南赡部是你们居住的地方……"仲春心想："由旬的长度，在印度佛教里说法不一，相当于7.3至8.5至22.8公里不等，84000由旬按平均计算也就是108万公里，而月亮距离地球都有40多万公里，太阳距离地球那就更远了——1.5亿公里，太阳系、银河系就更不用说了，什么半山腰上，胡扯蛋！说你喘你真的喘起来了，什么你们人类的？"

"你真的是天使吗——？！"仲春想着想着对着青珍就是一嗓门，这下不打紧，天机泄漏了，青珍和仲春从万丈高空飞速地往下坠落……

"啊——"仲春从梦中惊醒。

这时恰好"嘀嘀——！"仲春坐着的班车打着喇叭，催促着前面的车。仲春由回忆的梦中缓过神来，寻思：

"我到神仙住的地方旅游了一会，要不是我在梦里说穿了，这会可能到了青珍的家——西牛贺洲了。"

这时，已是11点多，已到了凤凰市收费站。路过收费站，又行驶了一段路，仲春下了车，打的径直来到凤凰市附属医院。在医院的大门前的地摊上，仲春买了些水果牛奶等礼品，按照手机上的地址，来到了附属医院内6–33号房间门口。仲春轻轻地推开门，室内有四个床位，都睡着病人。病床旁边还站着、坐着病人的家属。仲春都不认识，往东边一看，病床上躺着一位病人。床边无人，床头方框卡中插着内 6-33 号，仲春知道了这是青珍的病床。就向室内的人点了一下头，拎着礼品，拿着装着桃花的包，轻轻地来到青珍的床边。

只见青珍盖着洁白的被子，静静地躺在那里。瓜子脸蜡黄蜡黄的，比以前瘦多了；一双大眼睛微微地闭着，眼角边细细地爬了许多皱纹；小翘鼻子的鼻孔微微地扇动着；小巧玲珑的嘴唇，失去了水润，显得有些干瘪；长发将在右边的床上散落着，粗糙而没有了光色。仲春看着看着，一阵酸楚楚的感觉涌上了心头。他低下头小声地呼叫着青珍：

"青珍！青珍！"青珍慢慢地睁开双眼：

"唉！你来了。"于是就慢腾腾地起来——这不是说青珍不礼貌，而是她得了类风湿这种病，浑身的关节都很痛，她没有办法。青珍靠着枕头半卧着，仲春把买来的礼品放下，郑重地把那束桃花从包里拿出来递给青珍，青珍霎时间，满眼泪水夺眶而出，颤抖地说：

"谢谢！春，我记得、我记得，那是四十多年前我和同学在烈士园林里玩耍时，你给我摘过……"

"这束桃花就是那棵桃树上的。"仲春解释说。

"什么？还是那棵桃树？这棵桃树还活着？"青珍颤抖地一边擦着泪水一边连问了三问。

青珍接过桃花移到嘴边嗅了嗅说："还有淡淡的香味呢。"

仲春从青珍的手中接过桃花，插在床头柜上的花瓶里。随后坐在青珍的床边，握着青珍那干瘪的手说："这几天病情怎样？还好吗？"

"唉——就这样了，你写的诗，我收到了，说得对，我年轻时，爱美，穿得很少，落下了病根子，唉！自作自受，吃了几个疗程的药，好了许多。"青珍答道。

　　"我听说中医治这种病，疗效好，能除病根子，我建议换个方法治，中西医结合治疗得快。"仲春煞有介事地说。

　　"好！我听你的。过些日子我再抓几服中药吃吃看。"

　　正说着，一位女士走了进来，来到青珍的床边，青珍挪了一下身子介绍说："她是我妹妹，这就是我的同学，叫仲春。"

　　"你好！听姐姐常说起你。"青珍的妹妹一边放下东西一边说。

　　仲春赶忙让位道："你好！"

　　"没关系，你坐。"青珍的妹妹收拾了一下床铺就出去了。

　　仲春接着说："他呢?"青珍知道是问自己的丈夫，于是感叹地说："忙！没时间。"仲春不好再问了。仲春看了一下手表说："安心养病，什么也不要想了，船到桥头自然直，水来土掩嘛，不要怕，打起精神，没有了精神，免疫力就会下降，病魔就会乘机而入……"说着贺青珍哭了。哭得是那样伤心，那样委屈。她抓过仲春的手，默默地抽泣着说：

　　"我没想到，我一生还有你这位忠心的朋友，我感到知足了……"

　　仲春紧握着青珍的手说：

　　"好了，别哭了，一切都会过去的，你要像这朵桃花的老桃树一样，有着旺盛的生命力。春夏秋冬，不怕风吹雨打，要坚强些。有事给我打手机。等到你病好了，你仍像这朵桃花一样，在夕阳中绽放你不老的青春。"

说着仲春和青珍拥抱在一起，这时，青珍的妹妹走进了病房，他们赶忙分开了。临别时，仲春又嘱咐青珍的妹妹好好照顾，有事来电话。说着仲春招了招手：

"保重，再见！"

仲春走出医院，随便找了个饭馆吃了点，买票坐车回家了。

仲春回到家已是下午，妻子一边做饭一边不高兴地问："中午你去哪了？不吃饭，也不回话，简直是游牧民。"

"唉——下乡了，搞宣传。"仲春撒了个谎。

"下乡了，也不回个电话，饭做了一大锅，剩下的你吃。"仲春的妻子闷闷不乐地说。

"两个人做了一锅，你不是疯了？"仲春纳闷地说。

"你才疯了，你连话也听不懂，一锅是夸张的意思。"

"我不懂，你是教语文的，我哪有你的水平高。"仲春反驳地说。

"好了，快吃，饭还堵不住你的嘴。"

仲春的妻子是一所学校的语文老师，人长得不错，就是爱叨叨，爱玩，特别是一提起打麻将连饭都不吃。仲春吃过饭出去散步。走着走着来到了烈士园林，径直又来到那棵老桃树下，仲春思量着：

"老桃树啊老桃树，你我前世有缘，今生你为媒，却没有结果，反而给我带来了无穷的烦恼。你呀——你呀……"

"仲春！你在干什么？"仲春随着声音回头一看，

是杨梅。

仲春慢悠悠地走过去说道："没干什么，我看这棵桃树长得不错，花朵繁茂，四处飘香，就过来瞧瞧。"

"好长时间不见了，你现在忙吗？"杨梅和仲春一边走着一边说着。

"不太忙，你呢？现在还上班吗？"

"早就不上了，内退了，哎！你还想贺青珍吗？"杨梅冷不丁地问道。仲春想，这个好事的家伙怎么问起这个。就开玩笑地答道：

"不想，梦想。"

"梦想？那你不是白日做梦，空想吗！"杨梅不解地说。其实杨梅并不知道仲春经常梦贺青珍，就是仲春告诉了真话，她也不理解。

"那你就梦去呗。"杨梅又说。

一晃两年过去了，仲春又一次接到贺青珍的短信，短信上说：

"春，你好！我的病已经好多了，我想见你，你能来吗？"仲春看着短信思量着，想了半天才回了短信："好的！什么时间？什么地方见？"不一会，对方短信来了："那就这个周末吧！凤凰市公园门口见，不见不散！"

到了周末，仲春坐朋友的便车来到凤凰市，随后又打的来到市公园门口，只见贺青珍穿着粉红色的连衣裙，肩上搭着碧绿色的披肩，手拿凉伞，站在公园的门口等着。仲春急忙迎了上去：

"青珍你好！让你久等了。"

"春，你好！也刚到。"青珍满脸春风地笑着说道。

于是他俩肩并肩地走进了公园，来到了一座有垂柳的假山旁坐下。青珍从包里拿出一瓶饮料递给仲春，仲春毫不客气地接过打开喝着。

"病痊愈了吗？"仲春关心地问。

"好多了，就是药还在吃。"

"吃，继续吃，直到痊愈。"

"好咪！我听你的。"青珍说着也打开一瓶饮料喝着。喝完饮料，仲春捋着青珍的秀发说："有光泽了，这就是病快好的预兆。"

"是吗？"青珍羞涩地答道。

此时此刻，梦，变成了现实，变成了活生生的现实。仲春温柔地搂着贺青珍说：

"你可把我害苦了？"

一句话说的青珍坐起身子问道："唉！我怎么害你了？"

仲春有一肚子的话要说，但又觉得从哪说起呢？想了一会，壮着胆子说：

"梦，你老在我梦里出现。"

"是吗？我怎么不多梦你？"

"那是你不想我。"仲春看了一眼青珍说道。青珍则低着头羞答答地说：

"最近也想，要不我给你发短信。"

时间来得不易，仲春不再追问了，四十多年了，一对老情人在垂柳遮盖的山坡上缠绵着……

"青珍，我们找个宾馆那个？"仲春实在憋不住了，颤抖地轻轻说道。青珍忽然觉得身体有些不适，像有一万条虫子在身体的各个关节上撕咬着，只见她额头渗出了许多汗水，脸上一副痛苦的表情，仲春赶忙扶起青珍，青珍从包里拿出药，吃了几片，缓和了一阵，觉得好多了，就对仲春说：

"病还没有痊愈，下次吧。"仲春看到这种情景，不好再提过分的事。就对青珍说：

"一定要保重身体啊。"

"知道了，不要紧，经常是这样的。"青珍有气无力地说。

仲春心痛地一边抚摸着眼前这位梦中的情人，一边发自内心地说道："一定要好好照顾自己呀——""好的，一定！"说着他俩又搂在了一起。此时，阴云密布，雷声阵阵，他俩无奈地起身走出公园，找了一家比较幽静的餐厅坐下。仲春拿着菜谱说："你想吃点什么？"

"你点什么我就吃什么。"青珍随意地说道。

"我看你大病初愈，就点些有营养的。"仲春叫来服务员点了小鸡炖蘑菇、清蒸中华鱼、清炖羊肉、醋熘白菜，又要了两碗米饭和一瓶红酒，两人一边吃着一边说着家常。

"来！碰一杯。"仲春端起酒杯邀请青珍。青珍在女同学当中酒量最好，可今天由于青珍大病初愈，娇气地说道：

"我病刚好，少喝点。"于是两人碰了一杯。

"青珍，我记得你三十多年前在家乡的南门是否修过公路？"仲春煞有介事地问道。

"修过，不过我那时是搞测量的，怎么了？"青珍带着疑问答道。

"你是否去过杨梅的家?"青珍想了一会笑着说:

"去过,那时我见你骑着自行车带着杨梅,第二天我就去了杨梅的家,问了一下你们下乡的情况,怎么了?"青珍一边笑着一边肯定地答道。

仲春心里明白,那时她还惦记着自己,只不过不便挑明罢了。两人会心地笑了笑。吃着吃着,只见青珍抖动着身子说:

"对不起,春,不吃了,天要下雨了,我的病又犯了,我要回家了,下次病好了再好好聊!"

仲春搀着青珍走出餐厅,叫了一辆的士,依依不舍地扶青珍上了车,目送她回家去了。下午仲春回到了县里的家。

晚上,仲春翻来覆去怎么也睡不着,老想着青珍。想着想着,迷迷糊糊地进入了梦乡。在梦里仲春看见青珍手拿一束桃花站在一个高台上,风儿吹着她的长发散乱地飘动着,美丽的大眼睛含着泪水轻声地唱道:"憔悴花遮憔悴人 / 花飞人倦易黄昏 / 一声杜宇春归尽 / 寂寞帘栊空月痕!"一边唱着一边舞动着身子。梦春惊讶地想到,这不是《红楼梦》里林黛玉写的"桃花行"吗!唱得悲悲切切,凄怆流涕,真乃王文娟(越剧中饰林黛玉的主角)转世……

此后的几年里,仲春再也没有收到青珍的一条短信,也没有她的消息。仲春觉得很奇怪,就向同学打听,县里的同学都不知道。后来仲春与凤凰市里的同学打听,有的说她去旅游了,有的说她去了五台山当了尼姑。不管怎么,听说她的家人都很着急,就是找不到她。

仲春是个痴情的种儿,整天想着青珍。想着想着,以致到了痴迷的地步。于是乎背起行囊，去了五台山。

五台山位于山西省的东北部，属太行山系的北端，跨忻州市繁峙县、代县、原平市、定襄县、五台县，其周围五百余里。五台山，五峰巍然，顶皆平广，千峰环绕，钟灵毓秀。其中五座高峰，山势雄伟，连绵环抱。台顶雄旷，层峦叠嶂，峰岭交错，挺拔壮丽，历来是佛家圣地。

仲春以前去过五台山，对五台山比较熟悉，他一个庵一个庵地去打听，就是找不到。最后他去了中国最大的比丘尼道场——普寿寺。

普寿寺坐落于五台山台怀镇北端。寺内分为东西两院，东院偌大，前面为非常秀丽的汉白玉牌楼，下层为青砖砌筑，上层为木构建筑，单檐五脊顶，四出廊。山门正面额上嵌一书有"普寿寺"三字的石匾。

仲春由西院进去，正面为天王殿，三开间，单檐歇山顶。仲春探头探脑地往里看：殿内正中置木龛，供石刻弥勒佛，背面供彩塑韦驮将军，两山间彩塑有四大天王。墙上挂著名人字画，其中有原中国佛教协会会长赵朴初书写的一副对联"恒顺众生究竟清凉普贤道，勤修梵行愿生安养寿僧祇"。

仲春看着看着，这时有位穿灰色道袍的年轻尼姑从里屋出来，仲春迎了上去，双手合十地问："请问您这有没有来过一位叫贺青珍的妇女？"

"什么？我们这里的游客多了，成千上万，哪能知道！"尼姑不耐烦地答道。

"我是说有没有来这当尼姑的？"

"我们这当比丘尼的必须经过考试才能入寺，不是随便来就来的。"

仲春不好再问了，转身从人群中挤了出来。刚从山门出来，就看见有位身材苗条的尼姑很显眼，跟着人群往山下走。从走路的姿态来看，十分像青珍，仲春的心都快从嗓子眼冒出来了，就赶忙加快脚步追了上去，可是，那个尼姑却从下山的过道拐了个弯不见了。仲春急忙追赶，跟着拐了个弯，四处寻找，却不见了踪迹。仲春十分沮丧，就下山了。

仲春在一个不起眼的饭馆随便吃了点，并在旁边的地摊上买了根拐杖，向着北台走去。经过一段艰难跋涉，仲春来到了北台。

北台也叫北台顶，亦名叶斗峰，海拔三千零五十八米，是五台山诸峰中的最高的山峰，此处：山势雄伟，连绵环抱。台顶雄旷，草木繁茂；四周层峦叠嶂，峰岭交错，挺拔壮丽；山下雾霭弥漫，云海滔滔。

仲春站在山顶，望着脚下辽阔的雾霭山峦，思绪万千，感叹着这趟艰难的寻觅。他想着想着：只见眼前雾霭缭绕，佛光四溢。在佛光处，隐隐约约看见一位身穿荷花图案的粉红色的连衣裙的女子，长发披肩，挥舞着那束桃花，似乎呼喊着：

"春——春——！"

仲春站在山顶，看着眼前的奇景，不由得高呼：

"青珍——青珍——！"喊着喊着，险些由山顶掉了下去。

仲春急忙收住脚步，回目遥望四周，山峦叠翠，寺庙林立；万壑幽邃，雾霭茫茫；经声绕梁，风铃叮当。一群一群的善男信女络绎不绝，使得仲春感慨万千：山川锦绣，此处无缘；圣地雄旷，何处觅故。悻然转身，向着寺庙拜了拜，无奈地下山了。

此后的多年里，仲春再也没有想青珍，同时也没有青珍的消息。

然而，某年某月的一天，仲春又梦见贺青珍站在绚烂的须弥山上，身穿荷花图案的粉红色的连衣裙，腰间仍然系着两条打着蝴蝶结的翠绿色和嫩黄色的、长长的飘带，飞舞着。只见她长发飘逸，足踏彩云，挥舞着那束桃花呼喊道：

"仲春——！"

年迈的仲春躺在床上，颤巍巍地望着仙女般的青珍，心里想着到时候了。想着想着，灵魂萧然地离开了躯壳，不由自主地向着她呼喊的方向猛然地飘了起来。飘着飘着，回头又俯瞰着人世，人世间是那样的繁杂，生活是那样的无奈，只好毅然决然地朝着她呼喊的方向飞去……

遥远的红头巾

　　仲秋的清晨，孟春为了了却心头久久不能平静的夙愿，按照预期的设想，披着灿烂的朝霞，驱车径直来到了他阔别已久的、曾经当知青的故乡——红沟村。

　　红沟村，距离县城不算太远，也就是十多公里。由于这里的土质是红色岩石构成，经过风化后就变成了红色砂砾。这里的山是红色的，这里的土地也是红色的。

　　在它的北面有一条常年流淌的沟壑，加之这里的土地是红色的，故名红沟村。

　　红沟村盛产韭菜，遐迩闻名。

　　在它的东面是大片的盐碱地和连绵起伏的沙丘，其间有一条小路，是进入红沟村的必由之路。由于此地沙质酥软，行走起来非常困难。

　　当孟春驱车来到这里时，眼前的一切无不让他感到惊叹。过去，那大片大片的盐碱地看不见了，那连绵起伏的沙丘也看不见了，如今这里，变成了碧波粼粼的一汪湖水。在湖的北面修筑了蜿蜒曲折的一条小桥，小桥蜿蜒曲折地通向湖水中央的一座假山。孟春下车，经过小桥，来到这座假山上，向远方眺望：东南是无量殿，现在经过重建，更名为花马寺；西南是新建的火车站，火车站下是四通八达的柏油路。北面是一座石拱桥，将花马湖分成两片，湖水粼粼，碧波荡漾。时不时地有人前来垂钓。沟壑的两岸原来是大片的韭菜地，如今实行草原围栏，杂草茂密，成了绿色的草原。孟春望着眼前翻天覆地的变化，仿佛失去了什么，想着想着，许许多多的往事，一下子鲜活地呈现在他的眼前。

那是1976年的秋天的某天清晨，王队长派孟春和队里的女社员秀芳去薅韭薹。秀芳是队里的女社员，初中毕业就回乡了。孟春头次在村部见到秀芳时，她的身后吊着一条大辫子，黑亮黑亮的，年轻漂亮，漂亮得把孟春惊呆了。当时，由于盐城县大部分农村的水土含氟量高，人们的牙齿普遍是黄色的，然而这里：也许是沟里的水质好，她的前门有两排整齐的皓齿，匀整、饱满、洁净。像是能工巧匠用羊脂玉琢出来的。她的嘴唇柔嫩而滋润——红彤彤的自然之色，充满了柔情，富于性感。嘴角边有两个时隐时现的小酒窝，时常伴着灿烂的笑声而显现——摄人心魂，动人心魄；她的鼻梁骨直挺挺的——像羊的鼻杆子；其眉毛像一片柳叶——细长而俊美；特别是她那双杏子似的眼睛——圆润而乌黑，毛茸茸的，富有神气。这种"神气"蕴藏着热情、友善、怜悯，而且还带有一种火辣辣的野性。她的脸蛋质朴而娇艳，娇嫩而红晕，如同沟壑里盛开的桃花。如说她的身段，恰似沟岸上的垂柳，乍风起，轻柔绵长，柔软如蛇。走起路来，莲花碎步，轻快曼舞。尤其是两个丰满而圆润的臀部，兜来兜去的，简直让人垂涎三尺。看上去她也就是一米五六的个子。酥胸像塞了两个大馒头——圆而坚挺，可以想象如凝脂白玉般的柔嫩。她性格开朗而奔放，是孟春知青点的一枝独秀，兰心蕙性——是位热心肠的姑娘。她，的确很美，也很勤快，她帮助知青缝缝补补地做了不少事。特别是男知青的脏衣服，不论是谁的，她都情愿给洗。有一次她抱着洗过的衣服喊叫："谁的裤衩！洗了一遍又一遍，黏糊糊的，洗不掉！"大家你看我我看你，谁也不敢吭声，只是忍不住地笑，秀芳好像明白了什么，不好意思地扭头跑了。

孟春和秀芳沿着沟壑往韭菜地里走，孟春一边走着一边偷偷地瞧着秀芳，秀芳不好意思地说：

"看什么看？没见过！"孟春一边用脚踢着土一边低着头说：

"刚来时，我在村部见过你，没想到你这么漂亮。"

"是吗——好看吗？人们都说我好看，那你就随便看！"秀芳大方地说。其实孟春从心里早就对秀芳注意了，只是事不由人罢了。

韭菜是沿着红沟村的南岸种植的，还没有到韭菜地，孟春老远就闻到韭花的香味。他站在山坡上，远远望去一片翠绿——翠绿中还镶嵌着许许多多的小白花。它的花朵虽小而圣洁。一簇一簇的小白花，团在一起形成一朵大的花朵，可谓花中有花。其叶片比一般的韭菜宽而厚，韭薹也很粗壮。孟春一边薅着一边问秀芳："你们这里的韭菜咋这么好？"

"我们这里的韭菜是县里最好的，因为它灌溉的是沟里涌上的地下泉水，泉水含有各种矿物质，所以长出来的韭菜又宽又厚。我们管它叫作马莲韭菜，意思是说它的叶片比马莲的叶片还要宽大肥厚。你看，韭薹比筷子还要粗呢。"秀芳不假思索地介绍说。

孟春心思："怪不得你们这里的韭菜这么好。"

"那——这个花呢，能吃吗？"孟春指着韭薹的花接着又问。

"花就不用说了，花美味更美。特别是它的花瓣，用石磨碾碎后，其味飘香，沁人心肺，是吃火锅的上乘配料。"

"我说吃火锅时，人们都抢着用，原来这是韭菜花。"

"你还以为是什么呢。"秀芳得意地说。

"哎！孟春，我们这里还流传着关于韭菜的顺口溜。"

"是吗？那你说给我听听。"秀芳低下头不好意思说。孟春急忙催着问："说嘛，说嘛！"秀芳红着脸扭捏地就是不说。孟春急了，用手搡着秀芳："说、说、说嘛！"

"臊话！说了你别在意。我也是听别人说的。"于是秀芳壮着胆子，用她那清亮的嗓音说道：

"吃根韭菜——男人壮阳，女人够戗！"

"哈！哈！什么臊话，这是对你们这里的韭菜的一种评价。哪有那么厉害，不过，从中医的角度说，韭菜有理气、通便、排毒的作用，想不到，你们的韭菜还有那个功能。"

孟春的一番话说得秀芳不好意思。秀芳低着头一边薅着韭薹一边和孟春说笑着。由于韭薹的花瓣多——引来不少蜂蜜之类的昆虫。那时孟春还不会薅韭薹，大把大把地抓，一不小心被蜜蜂蜇了，痛得孟春嗷嗷地直叫。秀芳笑着指着一簇韭薹的下方说："往下面抓，往下面抓，它就不会蜇了！"孟春顺着秀芳那如葱似的墨绿色的手指诡秘地笑着说："下面，下面是……什么意思？"她，霎时间泛红着脸，歪着头、瞪着眼睛说："你不痛了，还开玩笑！"随着，毫不犹豫地抓起孟春的手指头含在嘴里：一边吸着，一边温情地看着孟春。

那时的村姑对知青很是羡慕也很亲近，总觉得他们是城里来的人，不但气质好而且又有文化。而知青对村姑，特别是对漂亮的村姑，也感到他们是深山里的兰花，没有经过雕琢，淳朴、憨厚。孟春头一次感到女性的温柔和亲切，两颗凝滞的眼珠子出神地瞧着秀芳，而秀芳则温情地看着他。孟春感觉浑身的血液都在往上涌，全身都发热了，每个毛孔都张开了，手指头也不觉得痛了，好像有股暖流，由手指直达心田。孟春茫然地要抽回手指，并红着脸说："好了！好了！谢谢！"然而，她却使劲地抓着孟春的手指头吸着，像吃奶的小孩，并跺着脚支吾地说道："不吸不行，蜂儿蜇了会有毒——要肿的。"孟春只好任凭她吸。她吸一口朝下吐一口，吸一口吐一口……孟春的心里感到暖洋洋的。后来为了感谢她，孟春背着其他知青到城里买了个红头巾，想送给她，又不好意思，不是藏到这就是掖到那，生怕其他（她）知青看到。

那是一个春寒料峭的傍晚时分，知青和社员们收了工，往各自的家走。孟春壮着胆子偷偷溜地到秀芳的身边，避过其他人，小声对她说："你到知青点对面的打麦场等我，我有东西送给你。"秀芳疑惑地眨眨眼说：

"什么东西？""到时候你就知道了——"

打麦场位于红沟村南面的山坡下，其周围三面全都是土夯的土墙，南面是一幢"穿鞋戴帽"的库房，库房边放着大碌子和农具，还停着手扶拖拉机。三面靠墙堆放着高高的麦垛，中间是平坦的打麦场。

孟春回到知青点，放下锹，洗了一把脸，偷偷地溜了出来，向打麦场走去。等孟春预约到达时，秀芳早已坐在身后的草垛边。只见她上身穿着蓝底红花布衫，下身穿着蓝色的裤子。在晚霞的辉映下，显得格外朴素、大方，而且光彩照人。她向孟春招招手，又指着身边的草垛说：

"过来！你过来！坐这。"孟春红着脸，心惊肉跳地不敢过去。秀芳急了，忙从草垛边站起身子说：

"过来！怕什么，不是你约我的吗？"孟春这才蹑手蹑脚地走了过去，坐在她的身边。秀芳说：

"叫我过来干什么？"孟春红着脸从衣兜里掏出早已准备好的红头巾说："这个给你！喜欢吗？"

秀芳看了看，没有直接伸手去拿，而是抓过身后的辫梢，用手指卷着，边玩边说："我还以为是手镯呢？原来是这个，哪来的？为什么是红色的？"

孟春不好意思地一一作答："你喜欢手镯，赶明我一定给你买；头巾是城里买的；至于为什么是红色的，我想你们农村的姑娘大都喜欢红色的，红色的喜庆。你们红沟村的山、土地不是红色的吗？再说现在不是提倡'红色'吗？所以我买了条红色的。"

"为啥给我买？"她低着头小声地又问道。

"谢谢你帮我……"

"哎——那算什么，我生长在红沟村就喜欢红色的，谢谢你，你手指头好了吗?"她转过脸温情脉脉地说。

"好了，你看——"孟春把手伸给她看。

她抓过孟春的手低头仔细地瞧着，孟春不知不觉地又一次感到一股暖流涌上心头。这股暖流比韭菜园子的那回更温暖更亲切。

它是一股温暖的春风，它是一个亲切的抚慰。两只充满了青春活力的手相互缠绵着，就像是藤缠树，树连着藤那样。孟春觉得温柔、湿润、颤抖，不由得抽出手来，壮着胆子，一下子将她紧紧地搂在怀里。这是孟春生平第一次将一位异性搂在怀里，那感觉，柔软而温馨，真是幸福至极。温柔中孟春像是有无穷的力量在体内涌动。她，颤抖着，木然地瞪着一双美丽的、水汪汪的大眼睛，一动不动地瞧着孟春，欲说又止；随着又慢慢地合上了双眼，顺从地静静地躺在孟春那健壮的怀里，享受着无比的关怀与温存。许久，她把头抬了起来，微闭着双眼，似乎渴望着什么。此时，孟春清清楚楚地看到一双略微有点缝隙的眼睛中的睫毛，长长的略带弯曲，而且不停地抖动着。在她那两片微启、湿润的红唇之间，闪烁着珠贝般洁白饱满的牙齿。她整个脸颊涨得通红通红的，两个小酒窝像倒了几滴红酒，甜美醇香；酥胸快速地上下起伏着，孟春感到一阵阵温柔的鼻息在他的脸上不停地抚摸着；耳朵里也不时地传来一声声轻薄的呻吟。他，激动得不由自主地低下头来去吻她。她那特有的韭花的芳香和混有青春少女般的馨香扑面而来，沁人心脾。孟春的手不停地在她身上乱摸着。

女人的生理结构，对于未婚青年男子来说，有着多么大的好奇、诱惑。孟春勇往直前地探索着，仿佛发现了一片新大陆，心跳、激动、喜悦，一股脑儿地钻入他的脑海里激荡着。他忘其所以地无所忌惮，无所忧虑地抚摸着。特别是摸到秀芳酥胸前那两个大馒头似的乳房时，感觉柔软舒服，温柔亲切，更是神魂颠倒，不知所措。他从来没有过这种真实的感觉，而是在小说里看过。

当年，学校里流行一种不是官方发行的手抄本。什么《一缕金色的长发女郎》《101房间》《梅花党》，特别是《少女的心》，相互传抄，很是流行。《少女的心》中对性的描写很是露骨，但是，也很生动、细腻。学生们看了无不感到新鲜、刺激。

因为，那时中国的教育，特别是对"性"的教育，更是谈性色变。几千年来的教育非常封建，闭塞。人们对"性"的知识知之甚少。不是说少年、中年的人们，就是过来的大人也知道的很少；如今改革开放，就现在的人们来说，也知道的不多。

此时此刻，孟春头一次真实地感觉到《少女的心》中描写的那些隐秘的房事。他抚摸着乳房……女人的乳房是孕育生命的源泉，神圣不可亵渎。然而，它对一位青春旺盛的男人来说，其诱惑胜过所有的一切。哪怕身遭鞭笞，抽筋碎骨，或者说哪怕眼前是地狱，也会毫不犹豫地跳下去，去亲近它，去亲吻它，在所不惜！——听说在一次用餐时，一位漂亮的少妇袒露着胸脯吃饭，对面坐着一位男人，直勾勾地盯着少妇那袒露的、白皙的半边乳房凝滞地看着，身边的一位食客推了他一把说："你怎么不吃呢？"这位食客色眯眯地说："秀色可餐、秀色可餐，不吃，我都饱了。"说着不由自主地站了起来，快步走到这位少妇的身旁，在众目睽睽之下，迅速地伸手摸了一下少妇的乳房，慌忙跑了。那位少妇愣了半天后才大声骂道："抓流氓——！"后来听说，跑了的男人还是一位职业教师。可见女人的乳房有多么大的诱惑力。

孟春摸着摸着，手刚要伸向秀芳那最私秘的地方时，突然意识到什么，戛然而止。在当时，知青最怕的是和当地的女人有染。否则，就回不了城了。听说有位男知青和当地的未婚女社员发生了关系，弄得死去活来，结果只好留在了农村，结婚安家了。孟春镇静过来，慢慢地扶起沉浸在温柔乡里而且还在呻吟着的秀芳说："对不起，我们做个好朋友吧？！"

秀芳睁开眼睛，眨了眨，好像听懂了什么，又好像没有听懂什么，糊里糊涂地接着"嗯！"了一声。

日落西山，月明星稀，缕缕炊烟弥漫在山沟里，两人都感到饥肠辘辘，于是孟春拉起秀芳，把红头巾给她围在脖子上，又帮她把头上的谷草拿掉，两人依依不舍地离开了。从此后，秀芳格外地关照孟春，给孟春缝缝补补的、洗这洗那，而且背着其他知青和社员，偷偷地约会，由此，他两人产生了一段说不清道不明的感情。孟春想起当年返城告别此地时，秀芳那依依不舍的样子，不由得使孟春心头一阵阵酸楚。

那是1979年冬天的某一天下午，孟春蜷缩在一辆刚出村头、走在沙道上的驴拉车上，旁边放着被褥和木箱，前面坐着一位赶车的李老头。孟春终于结束了三年的知青生活，往城里走。此时，西北风吹得满地的杂草和沙粒向着东南方向滚动着，寒风凛冽，万物萧条，太阳尚未西落，天色却显得很灰暗。村头几棵早已没了树叶的树枝上有几只喜鹊"喳！喳！"地叫着，树枝也不停地摇晃着，发出"呼——呼——"的响声。孟春坐在驴拉车上，慢腾腾地走在被风溜光了的沙道上。忽然，听到身后有人在喊他："停下！孟春，停下！孟春——"孟春赶忙抬起牵拉的头向后看，只见一位甩着大辫子、头上围着红头巾的女人，艰难地在沙道上向他这边踉踉跄跄地跑来。沙子伴随着她的脚步不停地翻飞着，孟春赶忙让李老头把车子停下，自己迎了上去说："你怎么来了？不是昨天夜里都说好了，不来吗?!"

"我愿意！我情愿！"秀芳任性地说。

"天气这么冷，风又大，你回去吧——"

"不！就不！就不——"秀芳边说边使劲地拉着孟春的手上了驴拉车。

孟春无奈地急忙把自己的被子打开，盖在秀芳的身上，斜躺在车帮上，并用双臂搂着秀芳说："冷不？"

"不冷！"秀芳盖着她每年都要帮着拆洗的被子委屈地说。

西北风吹着驴拉车向前走着，杂草、树叶、沙粒等在车的两旁"嗖——嗖——"地翻飞着，孟春紧紧地搂着秀芳，望着眼前曾经走过无数次的沙路，思绪万千，浮想联翩，往日的情景好像是昨天发生的。

1976 年秋天的某一天中午，天高云淡，秋风瑟瑟，也就是在这条沙道上，一辆手扶拖拉机轰着大油门，插着飘扬的红旗，载着孟春和龚章、瑞明、杨梅、邹晓五位知青，唱着电影《青松岭》中的歌曲："长鞭哎那个一呀甩耶……"等歌曲由此向红沟村行政村子驶去。到了红沟村。车终于停下来了，孟春一行跳下车，拍了拍身上的沙尘，只见院子里围满了人——有社员也有老知青。院子的地上放着三四只脸盆，上面搭着毛巾，来了几位妇女，有的挑水、有的倒水，其中有位十七八岁的、甩着大辫子的姑娘忙得很起劲。老知青笑着拍着手说："欢迎！欢迎！……"

　　盐城县是宁夏东面的一个小县，当时全县人口仅有十一万多，县城也就七千三百多人。因此，老知青大部分他们都认识。在盐城一中他们经常碰见。于是他们相互握了握手，寒暄了几句就忙着洗脸去了。洗完脸在老知青的帮助下，把铺盖、箱子等物品分别搬到了男女知青居住的屋子里。

　　孟春、龚章和瑞明走进屋子，屋子里是左右两大间，全都是一通到底的土炕。土炕上铺的是用羊毛擀的毡，炕的里面是胡乱卷着的铺盖。土炕边横放着一个大木柜，听老知青说，它叫囤柜。中间是灶房，灶上是两个一大一小的锅。一个是炒菜用的，另一个是下面条或焖米饭用的；右边是手拉的木制风箱；左边是擀面、切菜的案板；案板上放着一把卷了刃的旧菜刀和糊着面的一根旧的、擀面杖；门后还放着一口缸和铁桶，这就是知青的全部家当。当天，村部为了迎接他们，特意宰杀了两只羊，和老知青们一起会餐。

"老赵！这里苦不苦?"龚章端着饭碗问。

龚章和孟春是同班同学，也是校武术班的师兄弟。老赵，比孟春高一级，1975年毕业。

"苦倒是不苦，这里主要是以种蔬菜为主，特别是韭菜，全县都出了名的。"老赵边吃边答道。

一顿餐后，就到了傍晚。仲秋的晚霞特别光耀，从沟里望去，光芒四射，仿佛是一张五彩缤纷的大网笼罩在沟的上方……

到了夜晚，孟春翻来覆去睡不着，想着新的生活又开始了。在学校里，由于受"张铁生"的影响，大部分同学都不好好学习，学校也就顺水推舟，安排一年学工，到农村耕地；一年学农，到农村种树。过来过去，都离不开个"农"子。今天他彻底"农"了，地地道道的成了农民。他想着，想着：

"世界是你们的，也是我们的，但是，归根结底是你们的，你们是革命的接班人，今天，响应伟大领袖毛主席的号召：'到广阔的天地里去，接受贫下中农的再教育，'这对你们来说，是很有必要的……"

孟春不由得想起，临走时，知青办的张主任在学校的那段慷慨激昂的动员讲话。

翌日，天麻麻亮，就听得老知青喊："上工了——"

一阵骚动后，老知青不见了，不知干什么去了。孟春和东屋起来的龚章、瑞明来到院子里，正好碰着王队长带着杨梅和邹晓拉着驴拉车过来说："今天你们的任务是铲牛粪，铲完后，把它拉到东边的蔬菜地里……"

孟春他们铲完牛粪，感到又臭又脏，累得满头大汗，气喘吁吁。歇了一会，孟春和杨梅一组，龚章和邹晓一组，一个拉着一个推着，往蔬菜地里送，瑞明则在原地继续铲粪。

八点多，他们拉着驴拉车回来了。杨梅和邹晓回女知青点去了。孟春、龚章和瑞明放下驴拉车，走进屋子，老知青早已吃过饭，躺在炕上休息。当时，知青对于吃饭还有几句顺口溜："一碗浅，二碗满，三碗垒尖尖。"是说：刚煮好的饭，第一碗烫嘴，不好下咽，盛的少凉得快；第二碗刚好，盛得满，吃得好；到了第三碗，锅里所剩不多，干脆把它垒得尖尖的，吃不完，饿了，再吃。否则；当你没有吃饱时，锅里早就没有饭了。开始新来的知青不知道，常吃亏。这是一批一批的老知青们传下来的经验。孟春他们感觉浑身又累又痛，随便吃了点，赶忙躺在炕上休息，不知不觉地一觉睡到晌午。这是他们第一天上工，却误了工。

到了第三天，正赶上收秋。收秋这对农村来说是件大事。村部早早地做好了准备。提前宰了三只羊，准备了保温桶和三面红旗，三面红旗上写着青年突击队、基干民兵、知青先锋队。广播早早地放着音乐和革命歌曲。当大伙吃过羊肉、饸饹等，拿着镰刀，提着保温桶，举着红旗热热闹闹地到了麦地。首先王队长按照红旗分了三组，每个组承包一片小麦，红旗就插在地头，迎风飘扬。只听王队长一声令下，三个组近三十多人纷纷向地头割着，一组比一组快。只见镰刀飞舞，一片一片金黄色的小麦倒下。老知青到底有经验，比孟春他们割得快，也整齐。由于红沟村以素菜为主，小麦种的不多，到了下午，三个组基本完成了任务。不过青年突击队是村里的壮年汉子组成，干得比其他两组都快。小麦一车一车地用驴子、骡子拉着往打麦场送。到了傍晚就收工了，大伙免不了又是一顿会餐。听着音乐，吃着羊肉，个个都美滋滋的。

就这样，冬去春来，夏去秋来，一年四季，不是施肥犁地，就是浇水耕种；到了秋天收这收那的，总之，什么样的农活他们都干过。

在这期间他们除了干农活，还遇到了中国现代史上的大事件——毛主席逝世。

毛主席逝世是 1976 年 9 月 9 日 0 时 10 分。他们是9 月 18 日中午正在上工时，从村子里的广播里听到的。

当时哀乐响了 6 分钟，紧接着播《告各族人民书》，当听到毛主席逝世的消息时，知青和社员都木然地站在地里，简直不敢相信自己的耳朵，听罢，大家都把工具往地里一扔，向村部跑去……

第二天在大队部召开了隆重的追悼大会。每个村部都送了花圈，孟春和杨梅代表村部也送了花圈，大会上一片哭声。有个老头披麻戴孝地跪在那号啕大哭，哭喊着："毛主席呀，毛主席，您是我们的大救星……"后来听说是位老红军。

今年是个不幸的一年，1 月 8 日周总理逝世，7 月 6日朱德委员长逝世，7 月 28 日发生了唐山大地震，此时又遇到了这么天大的不幸。

到了下乡的第二年，也就是翌年的 7 月份，"四人帮"打倒后，国内政治、经济、文化形势有了翻天覆地的变化，大学开始招生，重、轻工业开始招工。除了他们五人。老知青们都走了。有的推选上了工农兵大学；有的被石油部门招去；有的被铝厂招去；有的去了电力部门，总之，五花八门，各奔前程。没一个留下的，也没有一个情愿扎根在农村的。这对孟春的思想触动很大，心想："将来我也不能留在这，说什么也要出去干一番事业。"这就给孟春和秀芳的结局埋下了伏笔。更使孟春揪心的一件事是：下乡的第二年的冬季的某一天晚上，杨梅得重感冒没有回来，知青点就剩下孟春、龚章、瑞明、邹晓四人。孟春坐在炕上看书，瑞明慌忙地走进来说："不好了！出大事了！"孟春急忙问："出什么事了？"瑞明神秘兮兮地说："我看到有个男人进了邹晓的屋子，好久没有出来。"

于是孟春、龚章和瑞明三人好奇地拿着手电筒，提着凳子，到邹晓的门前。龚章站在凳子上，通过门上的玻璃窗，往里看：只见一条被子里睡着两个人，炕前的地上有两双鞋……

孟春、龚章和瑞明吓得赶忙回到寝室，相互唠叨了几句，睡下了。

没过几天，龚章调到其他知青点了，瑞明说要回家乡找工作，也走了。紧接着知青办的张主任带着公安局的人，开着小车来到村子里。村子里一阵骚动，没过多时，只见两位公安局的人，押着一个人，上了车，向东去了。当时，政治气候非常浓，绝对不容许发生强奸女知青的事。以前传说某些农村有过社员强奸女知青的事，听说周总理还做过重要批示，那是要杀头的。后来孟春才知道，是村里的副队长——郝卫军。郝卫军被法办了，听说他是要参军的，政审都过了，可是，却因为此事，毁了他一生。

孟春感到很惊讶，同时也有些内疚。他想，知青中只有他、龚章和瑞明三人知道，没有别人，知青办怎么知道？他联想到龚章、瑞明不明不白的离去，豁然开朗。从那以后，邹晓在这里待不住了，走了；杨梅听到此事也不敢住了，和孟春道别也调走了。临走时，杨梅嘱咐孟春说："你也走吧！这里不能待了——我还听说你和村子里的姑娘有来往，是不是真的？"孟春一愣，狡辩地说："没那回事！"

"没有就好，可别忘了你的身份，以后城里见，拜拜！"孟春很是懊恼，心想："看这事弄的。"

杨梅和孟春是同级，她是二班的班长，人长得漂亮，和孟春很要好，回到城里，孟春时常去她家玩，她的家人都很热情，不知为什么，絮果兰因，他们没有成婚。

到了第三年，孟春始终没有申请调走，因为他真的挂念着一个人，那就是秀芳。虽然知青点只剩下他一人，他并没有感到孤独，因为有秀芳在陪伴他。他留念这，眷恋这，这里让他激动过。所激动的就是他遇到了秀芳，才使他有了心灵的感触，有了青春的活力，有了异性那无法抗拒的最原始的冲动。他感到并不孤独而是无比的幸福。然而，面对实实在在的现实，他又觉得那么茫然，不知所措。秀芳给他带来了快乐，同时，也给他带来了挥之不去的惆怅。

在一个春暖花开的季节，晌午时分，孟春背着黄色背包，一个人从城里回到空无一人的知青点，刚要进门，就听到身后粗声粗气地喊道："哎！你是谁？从哪里来？到哪里去？"孟春毫无防备，吓得急忙转身看：

"啊！——你吓死我了。"

原来是秀芳，只见她上身穿的粉红色白花布衫，脖子上围着红头巾，一条长发散落着，只有根部扎着花手绢。看上去她刚梳洗完，还残留着她特有的淡淡的韭花味。下身穿着涤纶布料做的裤子，蓝色的，显得格外俊俏。

孟春举起手准备打她，却被秀芳一把抱住：

"想死我啦！我天天在这里等，不见你，屋里还有你的被褥和箱子，就知道你还来。"

"你吓死我了！"孟春生气地又重复了一遍。

秀芳转过身拉着孟春说："跟我去个地方！"

孟春顺从地被秀芳拉着向西边的山坡上跑去。山高风大，一米多长的秀发被风吹得飘了起来，像丝丝缕缕的瀑布不时地抚摸着孟春的脸颊。跑了好长时间，他们终于来到山坡下一片树林里。树林里有盛开的杏花、桃花和各种各样的植物花，香气袭人，沁人心扉。仿佛这里是一个世外桃源——浮岚暖翠，绿叶成荫，鸟语花香的圣地；这里蜂儿、蝴蝶等到处飞舞，各种各样叫不出名字的小鸟扇着翅膀在树枝上飞来飞去，不停地"叽叽喳喳"地叫着。

"这里好吗？"秀芳说。

"我怎么不知道还有这么个地方？太美了——"孟春兴奋地跑着跳着，手舞足蹈地喊道："啊！啊——世外桃源……我在这——"

"……我在这——"对面的山回音道。

"别跳了！别弄了——"

秀芳追过去拽着孟春坐在一棵大桃树下。孟春则站了起来，从树梢上摘下一朵鲜艳的桃花，插在秀芳的鬓角，桃花相映，显得秀芳格外美丽。

这次回来，孟春没有给秀芳买手镯，这不是说孟春不愿意，而是当时孟春没有这个能力。虽然在农村干了几年，挣了点工分，可是大都折算成粮食，现金所剩无几。当时一般的玉石手镯也要三四百元。孟春没敢买别的，刚过年不久，为了喜庆，孟春买了些水果糖。于是他从背包里掏出大把水果糖，递给秀芳，秀芳不客气地捧了过来，剥开一个，喂到嘴里吃。

"你也吃吗？"

"我不吃，我想吃你嘴里的。"

秀芳羞涩地红着脸说："羞不？！"

"不羞！"

孟春说着一把搂过秀芳说："我给你写了一首诗，你听吗？"

"你说。"秀芳好奇地答道。

孟春用他那男中音朗诵道："冰肌玉骨贞洁质，细柳修竹柔弱身。杏眼蚕眉含贝齿，青丝柔顺气若神。行云流水轻盈步，笑影慈和总是春。月隐花羞鱼雁落，天生地孕绝世尘。"

秀芳是初中毕业生，对孟春写的诗很仰慕也很敬佩，似懂非懂地说："我有那么漂亮吗？"

孟春说："你就有！"

说着，双手捧着秀芳那桃花相映的脸，狂吻着，仿佛好长时间没有见面了。秀芳软绵绵地躺在孟春的怀里，呻吟着……美丽的大眼睛湿润了，胸脯急速地起伏着，双腿紧紧地绞在一起，双手也紧紧地捧着孟春的头，来回吮吸着。那块糖，随着两只舌头的搅拌，一会儿到了孟春的口腔里，一会儿又到了秀芳的口腔里。没多久，糖没有了，全都溶化了，他俩的心好像也融化了，成为不可分割的一体。

孟春把一只手挪开，解开秀芳衣服上的纽扣，把手慢慢地伸了进去抚摸着，秀芳喉咙里嘤嘤地、不断地发出细细的呻吟，像小野兽困住之后挣扎的呼叫声。孟春克制不住，也顾不上别的，不由自主地又把手伸到秀芳那最私秘的地方……秀芳一边喘着气，一边镇静地睁开双眼，狠狠地瞪着孟春，孟春像针扎了一般，赶忙缩回湿漉漉的手。这时，秀芳嗲声嗲气地说："今天你要了我，那明天呢？"

"明天——？"孟春正处在甜美的温柔乡里，却被秀芳问得不知所答，感到非常扫兴又惆怅满怀。但是，他猛然地想起了杨梅临别时的一番嘱咐，渐渐地清醒了许多。他抬头望着满树飘香的桃花，感到无可奈何，又无可奈何。因为孟春也深深地知道，如果再这样深入地发展下去，的确一发不可收拾。还好，亏她这么一"问"，提醒了他，不得不收住了手。孟春很重情，但是，他也很现实，他并不想留在此地，甘心当一辈子农民。美丽的心上人与未来的前途孰重孰轻，他是知道的，但是，毕竟这是他的初恋啊！俄国伟大的文学家屠格涅夫在《春潮》里说："初恋——那是一场革命：单调、正规的生活方式刹那间被摧毁和破坏了，青春站在街垒上，它那辉煌的旗帜高高地飘扬——不论前面等待它的是什么——死亡还是新的生活——它向一切都致以热烈的敬意。"屠格涅夫无非是说，爱情的力量是伟大的。然而，他茫然、惆怅、苦闷，他深深地陷入了矛盾之中。他慢慢地把秀芳挪到旁边，秀芳好像要失去什么，紧紧地抓着孟春的手不放，并且，很认真地乞求道：

"你到底要不要我——？爱不爱我——？你和杨知青到底是什么关系？"孟春猛地甩开秀芳的手，站了起来，挺着胸膛，望着城里的方向愤愤不平地说：

"所有的知青都回去了，这儿就剩下我一个人了，我不爱你，跑这干什么？至于杨梅，我没有想过！"

"那你为什么不要我？"秀芳带着哭腔说。

"我是想要，你这么好看的姑娘有谁不想要？可是，我要了你，你怎么办？我是要回城里的！"

"什么？什么？你要回城里？回城里，那你又为什么跟我好呀——"秀芳还是头次听到孟春这样说，她都懵了。

"因为我爱你——！"

"爱我，你就要了我——！"秀芳再次含着泪拉着哭声乞求道。

"不行！这万万不行——！"孟春摇着手痛苦地说道。

"那你就不是真心的——！"秀芳摇晃着身子大声

地哭喊道。紧接着山谷里也回荡着，"……你不是真心的——"她那凄婉的声音……

孟春无奈地赶忙抱着她，哄着她，她却使劲地推着孟春，孟春很认真地说："一张白纸好写文章，好画最美丽的画图，如果有了污点，那就不完美了——我想你很美，将来的生活也应该是美的、幸福的。绝不能有污点呀——"孟春无论怎么解释、怎么劝说，她就是不听。孟春只好丢下她，气冲冲地一个人走了。山谷里空荡荡的只剩下秀芳一个人在悲痛地呜咽着。

在山谷里，孟春边走边用他那男中音高声地朗诵道：

"北方有佳人，绝世而独立，一顾倾人城，再顾倾人国……倾城又倾国，佳人难再得！"

"……前不见故人……念天地之悠悠，独怆然而涕下！"

"……而涕下——"山谷里也久久地回荡着他那高昂而悲怆的回音。说他是在朗诵，还不如说是在呐喊！

秀芳抹着泪水听见孟春不知喊着"什么家人……低下的"把自己一个人丢下，走了，觉得实在没趣，也起来向着村子走去。

从那以后，两个有情人好像变得无情了，好长时间不说话，也不来往。孟春一个人干完农活，吃过饭，不是看书、练武，就是睡觉。到了秋天，终有那么一天的早晨，天还麻麻亮，孟春睡得正香，忽听得有人在敲门，孟春急忙拉灯，从炕上跳下，来到门后问："谁?"外面的人答应道：

"我，快开门!"孟春一听是秀芳的声音，急忙问："什么事?"

"你开开门再说!"秀芳有些等不及了。

"那等等，我穿好衣服。"

门开了，只见秀芳头上围着红头巾，手里拿着鞭子，院子里停着骡子拉的车，上面装满了鼓鼓囊囊的口袋（一种羊毛编制的麻袋，比麻袋长）。"我爹让我们去王乐井乡送韭菜!"（她爹其实就是王队长。）"就我俩?""那你还要多少!?"秀芳好像有点生气。于是孟春拿毛巾沾了点水抹了一下脸，走到屋子里，从囤柜里拿出一把"07式自动"步枪（那时候基干民兵都配有枪）往身上一背，把门锁好，跳到口袋上侧着身子躺下，把枪放在身边。秀芳则坐在车帮上说："拿那玩意干什么?""打野兔!"随着秀芳的吆喝声，骡子拉着他俩向着王乐井乡的方向走去。

起先，谁也不理谁，默默地走了一段路，这时，太阳从东方升起，大地一片金黄，小车在草地与谷地的中间的小路上摇摇晃晃地、慢悠悠地走着。（秀芳为了缓和两人的关系，才特意央求她爹安排了这趟送韭菜的事。）她见孟春睡在口袋上不作声，生气得狠狠地举起鞭子抽打骡子，车子猛地向前蹿，孟春急忙起身喊道："谁惹你了? ——拿骡子出气!"

"我还以为你是哑巴呢? ——就你惹我了!"

"啪——啪——"又是几下。车子飞快地向前跑，跑着、跑着，只听孟春说：

"慢点! 慢点! ——停下! 停下!——有野兔。"秀芳赶忙把骡子拉住，只听"啪——！"的一声，草地里的野兔打了一滚不动了。秀芳跑过去提着野兔过来，学着山东腔说：

"枪法还挺准，就是人不中。"（孟春给秀芳说过自己是山东人。）

孟春说："什么枪法准，人不中？人也中！"

秀芳一边把野兔扔到车上一边说：

"中个屁！你中，你把我撂下，一个人走了，还什么中、中、中的。"

"啪——啪——！"秀芳一边说着一边又往地上打了两下。孟春没着了，又躺在口袋上哼着小曲"山丹丹那个开花哟……"而秀芳则"哥哥你走西口，小妹妹实在难留……"他们边唱着、边说着，还边逗着嘴。太阳三竿子高了，他们已来到王乐井乡西边的山梁上，远远望去：东边原野广袤，谷穗金黄；村村落落，炊烟袅袅。

他俩赶着小车，从山坡上一溜烟地跑进了王乐井乡。到了王乐井乡的供销社，他们交了韭菜，结清账，秀芳拉着骡车和孟春走出供销社，孟春说："等我一下！"随着跑进了供销社的门市部。秀芳则拉着缰绳坐在车上，此时，街上来了几个流里流气的小伙，走到秀芳不远处，其中一个留着小胡子的小伙，用手指着坐在车上的秀芳说："老大！你看红沟村的小妞长得多俊，你不尝尝？"

"在哪？"一个正啃着苹果的高个子小伙问。

"那不是！"小胡子指着说。

于是一伙人来到秀芳坐着的小车前。

高个子问小胡子说："你怎么认识她?"

"我爹在供销社干收购的,她常来这送韭菜,我见过。"高个子耸了耸肩咧着嘴走到秀芳跟前说:"小妞——让大哥我玩玩。"随着动手动脚的,秀芳见状吓得赶紧拉着骡子走,可是这伙人围了过来,不让走。此时,正当高个子要拽秀芳头上的红头巾时,孟春从供销社出来,见状喊道:"你们想干什么?——滚开!"

"你他妈的是谁啊!敢让我滚开——"高个子应声骂道。孟春不示弱地扒开围着的人,走到秀芳身边,护着秀芳说:"你们滚不滚?!"

"滚你妈的蛋!我瞧你是知青,小白脸——你还嫩得很。"高个子说。孟春给秀芳使了个眼色小声说:"你先走!"秀芳吓得拉着骡子刚要走,只见高个子抡着拳头骂道:"走你妈的蛋!"说着双方打了起来。孟春把秀芳往后一推,然后做了个虚步撩掌,紧接着头往左一偏,让过高个子的拳头,提起右腿猛地向高个子的小肚子踹了过去,高个子跟跟跄跄地被踹出两米多远,高个子捂着肚子大声喊道:"小的们,给我上——!"只见留着小胡子的家伙,右手拿着刀子朝着孟春的左肋猛地刺了过来,孟春急忙向右一闪,来了个擒拿里的徒手夺刀,小胡子不但摔了个跟头,刀子也落在了孟春的手里。高个子见状大声吼道:"小的们!这个知青有武功,抄家伙。"只见七八个小伙子分别从腰里都掏出一把把亮闪闪的刀子,一下子把孟春围住,孟春见状赶紧跳到车上,从口袋里掏出枪,朝着天"啪——啪——!"

开了两枪，整条街的人都听到了，赶忙缩着头往这里看。高个子一愣"我的妈哟——"领着一伙流氓撒腿跑了。孟春让秀芳过来坐在车上，秀芳吓得浑身瑟瑟地发抖，孟春只好过去把秀芳抱在车上，一手搂着她，一手抓着缰绳大声吆喝着骡子朝着来的方向回家了。

路上孟春从衣兜里掏出一大把水果糖，递给秀芳，秀芳剥掉糖纸，喂到孟春的嘴里，自己也吃了一个。他们吃着说着笑着，又唱又闹地回到了村子。

此时，已是傍晚，晚霞顺着山峡的缝隙照了过来，光芒万丈，灿烂夺目。由于沟里的土质是风化了的红色砂砾，在晚霞的辉映下，血红血红的，像走在一条红色的地毯上。秀芳径直把车赶到她的家。家里的人很热情，留下孟春吃饭。

这里的农村吃饭，经常是坐在炕上吃。炕上的中央放一饭桌，大人们（男人）就盘腿坐在两边，妇女一般都是在灶房里吃饭。孟春那时不懂，就叫秀芳过来，秀芳的爹说："你吃，别管他们。"孟春也不好再叫了。吃过饭，才让孟春走了，当然吃饭时离不开野兔肉。

此后不久，到了冬天，听说孟春明天要走了，村子里要好的朋友都来看孟春。这时，秀芳赶忙来到知青点看孟春。屋里有人，她不好进，等到夜里其他的人都走光了，才偷偷地溜进屋子。孟春让秀芳坐到炕上，秀芳脱掉鞋，一身子躺到叠好的被子上。孟春挪到秀芳的身子旁边，用手搂着秀芳说：

"天黑了，你也不怕别人笑话？"

"不怕！天黑了，有谁知道。"秀芳果断地说。孟春低下头亲了一下秀芳，秀芳则说："春，你学问多，给我讲个故事吧。"

"你想听？"

"嗯！"

"讲个什么呢？"孟春思索了一下说："那就讲个当地的故事吧。"于是就清了清嗓子说道：

"传说明朝的嘉靖年间，有对夫妻叫吴良、黄兰的在此处开店，取名叫吴良店。花马池总兵之子傅有到此地郊游，遇见黄氏俊俏，百般调戏，欲之强暴，黄氏至死不从，抄刀自刎身亡。傅有未达目的，气急败坏地将炕上小孩抓起摔死。吴良之弟吴亮闻讯赶来，愤怒之中将傅有打死。吴亮将原委告知正在放牧的兄长，兄长听后泣不成声，随后，兄弟二人在当地乡亲的帮助下，将母子葬于山坡上。当烧纸化钱时，一阵清风过后，母子化成了漫山遍野的猫头刺。猫头刺，花中带刺，触之痒痛无比。从那以后，此花日夜守护着吴良店。"

"我说我们这里的猫头刺好多好多呢。那后来呢？"秀芳眨了眨眼睛喃喃地问道。孟春则扶起秀芳，捋了捋她的长发，接着说道：

"后来，吴亮出逃后，吴良被官府抓去，严刑拷打，欲将处死，无奈百姓呼声高涨，总兵只好给吴良出了一道难题，让吴良，将刚铸好的重达两千斤的大铜钟挂于空中，可免死罪。吴良望着当空长叹说："吾死矣！"正在无奈之时，侍奉太上老君出游的西方白帝白招炬行此，明察秋毫，遂令八仙中的铁拐李作法，铁拐李将手中的铁杖扔到空中，化作一条青龙，将大铜钟挂在半空，在场的官兵、百姓们都惊呆了……此后，太子太保王琼到花马池察防，闻知此事，将总兵与其子报请朝廷就地处斩，并赦吴良、吴亮俩兄弟无罪。为感谢上天、官府和百姓们在吴良店旁边的烽火台附近修建了寺庙，供奉神灵，改名叫'无量殿。'"

"啊——！原来无量殿是这么回事。"秀芳喃喃地说着，并眨了眨眼睛，睡过去了。孟春将被子给她盖上，搂着她也睡了。

1979年中央决定，知识青年不再上山下乡，全部返城。当地的知青听到后，兴高采烈地纷纷卷着铺盖回城了。知青回城时，把能挪动的家当，几乎全部和当地的老百姓换了吃的，有的甚至白送给了当地的老百姓。孟春呢？在那天夜里把大部分送给了秀芳，还有小部分在早晨分别送给了前来送他的来福、东祥、刘豪等村民。

西北风刮得越来越大，公路两旁的树枝摇摇晃晃，像是有无穷的利爪在空中舞来舞去的，并发出"呜——呜——"的吼声。秀芳挪了一下身子，把沉浸在甜与苦的梦乡中的孟春惊醒了。

"到哪了?"孟春转过头问赶车的李老头。

"到林场了。"李老头答道。

孟春低下头对还在熟睡的秀芳说："你回去吧！"秀芳不知是睡着了还是假装睡，就是不吭声。面对秀芳的态度，他又没办法，只好让她睡。经过两个多小时，就到了县城的南城门边。当时县城的南门外，一片荒凉，除了沙包和沙荒地没有别的。孟春轻轻地把熟睡的秀芳放到叠好的褥子上，并把被子给她盖好，对李老头小声说："停下!"

李老头慢慢地停下驴拉车，孟春把箱子卸下，嘱咐李老头说："别叫醒她，让她睡，你们回吧!"

李老头听话地把驴拉车转向来的方向。孟春郑重地说："谢谢! 风很大，一路走好，再见了——!"

孟春真的彻底结束了三年的知青生活，把根本不可能结合的心上人无情地撇在了驴拉车上，一路南去了。寒冷的西北风卷着杂草和沙粒无情地刮着。一堆堆沙包的秃顶上，被西北风刮得像是吐着舌头，舔着无际的苍穹，不时地发出"呜——呜——"的悲鸣声。昏天黑地，仿佛要把那南去的驴拉车连人带车全部吞没一般。此时的孟春，感到悔恨，感到歉疚，望着一路南去的驴拉车，喃喃自语："对不起，实在对不起……"然而，她，终究要留在她应该留的地方；而孟春也终究去他应该去的城市，去成就他始终不愿留在农村的梦想……

孟春站在假山上想着，想着，忽然，一声东去的列车声，把他由回忆的情境中惊醒，好像是做了一场梦。

他走下假山，开着车沿着铁路北边宽敞的柏油路向村子里驶去。这里的房屋以前大都是用黄土夯起来的土墙，再在上面砌几层砖盖起来的，人们管它叫"穿靴戴帽"的土砖房。只有知青的房屋是一砖到底的砖瓦房，而且坐落在高台上。如今，这里的房屋也都变成了一砖到底的房屋，而且墙面还贴着瓷砖，

车还没有到，就看到村口站立着许多人。孟春急忙加大油门来到他们跟前，下车一看，这些人似曾相识，等到走到跟前仔细一瞅，还是不敢认，一位穿着蓝布衫

的老头跑过来握着孟春的手说："老孟！我们等了你好长时间，你怎么才来？"

孟春紧握着来者的手，睁眼端详并大声地说："哎呀！这不是——来福吗？老喽！三十多年了，快认不出来了——"

来福热情地摇着孟春的手说："接到你的电话我们就在这里等着。"

来福一边说着一边给孟春介绍身边的几位老者。孟春急忙跨步过去说："刘豪，你好！——富贵，你好！——大财，你好！……哎呀——！这不是东祥吗？"东祥笑着跑了过来，一把拽过孟春，搂得紧紧的。孟春没有防备，被搂得气都喘不过来，便使劲地挣脱，随着摆了一个架势，东祥笑着赶忙双手抱拳说："好了！好了！我不是你的对手。"

"我教你的那些，还练吗？"孟春笑着问道。

"农忙，哪有时间，早就忘了，不过'兔子蹬鹰'还记得。"东祥笑着答道（"兔子蹬鹰"是孟春和东祥摔跤时用的武术动作）。

他们相互搂着拉着，边说边笑地走进了来福家的院子。

展现在孟春眼前的是：一砖到底的三间大瓦房，墙面贴着瓷砖，上面杂七杂八地悬挂着许多玉米、辣椒等。正门两边还留着一副旧的春联"龙启吉祥云蒸霞蔚，花开富贵人寿年丰"，横批是"天好地美"。大门东头是两间砖砌的火房，西头是猪圈、鸡棚，院子里还跑着几只小羊羔。

孟春笑着说："来福发财了——"

"我这算什么，村子里如今比我好的多的是，不像你们以前来的时候，你还没有见东祥的家，比我阔气得多喽——"来福一边瞅着东祥一边说，东祥只是摆手说："我哪敢和村长比。"孟春一听："来福不简单当村长了。"来福不好意思地说："哪里、哪里，这都是他们抬举的。"

他们说笑着走进了屋子坐下。孟春环视屋子：有沙发、液晶电视、冰箱、席梦思床等。来福热情地一边倒水一边招呼来的人……

谈笑间一桌盛宴摆在了他们面前——有炖羊肉、干炒羊羔肉、韭菜炒咸猪肉、滩鸡肉、土鸡蛋、野兔肉等等，还有红烧鱼。孟春拿着筷子指着鱼问来福说："鱼是哪来的?"

"花马湖的!"

"花马湖还有鱼?"

"嗯!"来福一边倒酒一边说着。

"来来来! 为我们的老知青干一杯!"东祥迫不及待地说。

于是大家一起举起酒杯说："来来来! 干! 干——!"

大家正在热闹时，门外走进来一位手里端着盘子的妇女，来福急忙站起来说："哎! 老孟，你还认识她吗? 这是我家掌柜的，你来电话时说，除了吃土特产，还惦记着吃老韭菜，这不，掌柜的特意给你炒了一盘。"孟春觉得有些面熟，急忙站起身来，走过去仔细瞅，瞅了半天才猛然地说道："你是——?"

来的人笑眯眯地拍着孟春的肩膀说："你这老不死的，连我都认不出来了，可我还记着你呢——你的手指头让蜜蜂叮了，肿得像球一样。"

"哈！哈——！"掌柜的一边放下手里的盘子，一边露出雪白的牙齿笑着说道，逗得大家哄堂大笑。

孟春定了定神，冲着她那雪白的牙齿就猛然地想起来了，心想，这不是秀芳吗？我们终于见面了。不过嫁给他了？孟春尴尬地红着脸，不好意思地止住笑声，低下头来，再一次仔细地打量着三十多年来没有见过面的秀芳。心里一边想着一边品味着：她有五十一二了吧，应该说，女人最美丽的季节已经过去了，但是，从现在看来，她还是相当漂亮，魅力十足，身段不过比以前胖了，但不臃肿，三围明显而更加性感；只是一条大辫子不见了，头发盘着，两鬓略有些白发；桃花般的脸蛋比以前更加丰满而红润。就是眼角边像是爬了几条小虫似的皱纹，但是，眼睛还是那双眼睛，只不过经历了岁月的磨砺，变得温柔而慈祥，没有了那种野性。从她那爽快、豁达的言谈举止来看：虽然是徐娘半老，却是风韵犹存，还像陈年的老韭菜，越老越有味道。

"快喝酒！看什么看，都老喽，还没见过？！"秀芳像见到自己久别的亲人似的，连推带搡地把孟春按到椅子上。

"来，老不死的，干一杯！"

孟春端起似乎很沉重的酒杯说："谢谢！谢谢！你还好……"

秀芳红着脸尴尬地说："不说了，只要你别忘了我就行了。"

孟春则有些不自然地说："没忘！没忘！怎么能忘。"

旁边的来福眯着眼睛歪着头说："望（忘）什么？"

秀芳赶忙指着孟春回答说："望他呗！"

孟春和秀芳红着脸会心地笑了笑，接着他们连碰了三杯酒。秀芳好像解恨似的，故意使劲地碰，碰得酒洒了孟春满袖筒。

孟春也会意地使劲捏着秀芳的手说："过来坐坐！坐坐！"秀芳则用力地挣开手说："不了，我还要做饭去，你们吃，你们吃，别客气！"说着抹了把泪，就出去了。

此时此刻，孟春多么想追出去和秀芳单独说说阔别已久的话，多么想翻开历史把它变为现实，重温过去那些柔情的岁月。可是思前想后，她已是为人母为人妻的人了，随着时间的流逝，那些往事，情随时移，也许她已经淡漠了。

经过半天的推杯换盏后，孟春已是酩酊大醉，不知什么时候躺在了炕上。

第二天天还没有亮，孟春就被一阵嘈杂的声音惊醒，他打开手机，此时，已是凌晨六点多。孟春转过头来望着窗外，天上的星星还一闪一闪地眨着眼，虽说仲秋，尚不到中秋，但是月亮还是那么圆润，那么明亮——山沟里那种特有的潮气和草木、泥土的混杂气息再加上屋里原有的浊气充满了整个屋子，熏陶着孟春，使孟春不由得想起了从前在这里的情景：

有一天，天麻麻亮，孟春早早起来，跑步来到打麦场练武。先是活动了一下身子，过了会，打起了"太华拳"。"太华拳"是孟春在校武术队里学的，它是少林拳的一种，刚劲、快捷。孟春开始静静地站立着，目视前方，气沉丹田，只见他扎马出拳弹腿，弓步撩掌勾手，紧随着飞起一个二踢脚，旋风腿，左右腾挪……正打得起劲，龚章也来了，他活动了一下身子，也开始练了起来。他打的是"少华拳"。"少华拳"与"太华拳"是姊妹拳，不过"太华拳"的套路难度大一些。他们师兄打完一套又一套，什么洪拳、罗汉拳、通背拳……孟春打完长拳（外家拳），又开始练起内家拳——形意拳，正要弓步撩掌——"哎呀！你俩还会这个本事！"只见秀芳和十几个男女社员扛着锹不知什么时候站在那里看。

　　"花拳绣腿，没什么用！"只听东祥不服气地喊道。

　　龚章一边擦着汗一边走到东祥身边，指着说："你不服气，和孟春较量、较量！"

　　东祥把上衣脱下，扔到地上说："姓孟的，来——！来！来！我把你当树枝撅了！"

　　于是两人相互伸手搭肩，腰子一弓，摔了起来。东祥有些蛮力，来回拽着孟春，孟春镇静自若，向前推着东祥。推着、推着，孟春抓着东祥的双肩猛地向后一倒，迅速抬起右腿，朝着东祥的小肚子猛地一蹬，由于惯性的作用，东祥还没有反应过来，已经向后翻了过去，孟春正好骑在仰天倒地的东祥身上（从武术的专业术语来说，这叫"兔子蹬鹰。"东祥是土生土长的农民，哪能知道这个）。

东祥被孟春骑在身上，压得喘不过气来。周围看热闹的社员纷纷拍手："好！好好！摔得好！看你东祥还逞能不？"

秀芳在一旁使劲地拍手，笑得合不拢嘴。龚章得意地说："还有谁不服气？过来！"

社员中有人说："这两个知青有真功夫，拳打得多好，谁去谁倒霉！"

孟春拉起倒地的东祥说："起来，对不起，没有伤着吧？"

东祥羞愧地摆手说："没有！没有！厉害！服了——赶明我和你学！"

秀芳得意地笑着急忙跑过去给孟春拍了拍身上的土说："你跟他们较什么劲！"正说着，从人群中走出来一位胖乎乎的妇女说："祥祥！你连老娘都弄不过，你还有脸跟孟知青弄！"东祥回头一瞧，原来是"官奶奶"。其实她叫官秀莲，因为此女个子低、肥胖，特别是乳房很大，当时，村子里的汉子都管她叫"奶奶"，她很不高兴，常骂他们："去你妈的！我有那么老吗？"汉子们都偷偷地捂着嘴笑。东祥拍了拍身上的土说："来！奶奶，过来——"官秀莲像只母老虎一般扑了过去："我是你妈——！"两人正扭打得起劲，只见东祥用手把官秀莲的头往下一摁，紧接着伸手抓住她身后的衣边往自己怀里一拽，好嘛，一对白净的大奶子露了出来，吊得好长。"放开——放开！你他妈的这也叫摔跤！"院子里的人前仰后倒地齐声大笑。官秀莲怒气冲冲地从地上捡起一根棍子满场追着东祥打……

"当啷——"院子里发出一阵响动，孟春回过神，转过头仔细一瞧：明亮的月光下，一个看似熟悉又好像觉得很模糊的身影在院子的西边晃动着，孟春想，"她，一定是秀芳吧！在忙着喂家畜。"老区农村的妇女就是这样，每天起早贪黑地忙个不停，勤劳朴实，无怨无悔，论起来比男的累，比男的苦。白天照样和男的下地干活，回到家里不是做饭就是带孩子、喂牲畜。男的回到家里，盘腿往炕上一坐，抽完烟、吃完饭，呼呼大睡，什么都不管。

　　孟春穿好衣服起来，这时，来福仍旧睡得死死的，大概是昨天喝多了。孟春轻轻地把门推开，沟里那种特有的气息迎面扑来，更加浓烈。孟春走到院子里，就听到秀芳小声说："你不睡着，起来干什么？"

　　"我……我睡不着，出来走走。"孟春有些心慌意乱地回答。

　　秀芳放下手里的活，转过身子，站在那里，直挺挺地看着孟春。孟春好像又感到她那双从前的眼睛里所发出来的火辣辣的光芒，迫使他不由得走了过去，壮着胆子把双手搭在她的双肩上，脉脉地注视着她。她颤动着身子，用一种好委屈的腔调说："那么冷的天，风又大，你可倒好，把我一个人丢在驴车上，你跑了。这些年，你知道我是怎么过的？再说县城离这又不远，怎么不来看我？"

　　孟春很歉疚，很懊悔，身不由己，不知怎么安慰，只好含混地嗫嚅道：

　　"……看！看看！怎么不看！"一边说着，一边摇着秀芳，好像在哄着小孩。此时，秀芳呜咽着，泪水夺眶而出。

"你这老不死的，你咋就不死呢?! 你把我可害苦了。我整天抹泪，想你，就是看不到你呀——"秀芳有无尽的苦楚，像山洪暴发一样，势不可当。滴滴的泪水伴着无尽的话语倾泻而出。应该的，她应该发泄，这么多年来，可以想象她是怎么过来的。作为一位淳朴、憨厚的村妇，她是多么的善良啊——

星前月下，月朗风清，是情人约会的美好景色。然而，他们没有喜悦，却有着说不完道不完的怨离惜别。孟春十分愧疚地一下子把秀芳搂在怀里说："对不起，真对不起，我……我很忙。"孟春也不知说什么好，总之，生活就是这样，杂乱无章，一不小心，一些美好的东西就会从你的身边溜掉，使你终生都感到遗憾。

秀芳无奈地顺从孟春搂着。她颤动着、呜咽着——并用双手使劲地拧着孟春的背脊……秋天的凌晨很冷，但是，她的身子别样的温暖而柔软，消除了对秋凉和不快的感觉，随之而来的是：又一个春天般的温煦。一切都过去了，一切都将成为历史了。

孟春用双手捧着她那湿淋淋的——还似桃花样的脸，脉脉地注视着她。她也睁着她那双往外流淌的、美丽的大眼睛，温存地端详着孟春——欲言又止，随着又把头靠到孟春的胸前，一边擦着脸上的泪水一边柔情地说："你还……好吗？家里……也好吗？"孟春感到一阵酸楚，紧紧地搂着她说："好! ……都好!"……

过了会，天快要亮了，秀芳毫不犹豫地把孟春拉到东边的火房。火房的里屋是库房，杂七杂八地堆放着粮食和一张囤柜。这个囤柜就是当年孟春送给秀芳的。只见秀芳打开柜盖，在里面翻了一会，拿出一件早已发白了的头巾说：

"春，你看这是什么？"孟春仔细一瞧是一条旧的头巾。他，猛然地想起"呀！是那条红头巾吧！你还保存着……"孟春的心都快要碎了。他一把搂着秀芳说："你还没有忘？"

"怎么能忘呢。"秀芳一边哭泣着一边说道。孟春从衣袋里掏出一个方形的精美的盒子打开，用双手慎重地递给秀芳，秀芳低头一看，是一对墨绿色的玉镯，就赶忙说："这么贵重的东西我不要。"孟春说："我答应过给你买，只是有些太迟了。"秀芳有些不好意思地扭着身子，孟春把盒盖盖好揣到她的衣兜里。随着两人热烈地拥抱在一起。卿卿我我、缠缠绵绵，好像要将三十多年的时空挤压在一起，不留一点缝隙。久久的期盼与长期的等待，平添了多少苦闷、多少悔恨！无论什么观念、道德、仁义、霎时间变得无影无踪。他俩经过一番翻云覆雨般地折腾，终于了却了各自久久的、企及的心愿，实现了三十多年前就应该发生而未敢发生的涅槃壮举。只是来得太迟、太迟了。不过，迟到的爱，有着浓厚的、深沉的情感；有着历史积淀下来的风韵；有着老韭菜那浓烈的味道。

在这丧失了理智和欢悦的时空里，她好像被什么惊吓了似的，用力挣扎着身子说："我们都老了——再别……这样了，别让我家老头子瞧见了，多不好——

天很凉，你回屋里去吧！"

孟春很不情愿地松开了秀芳，放开了温暖而柔软的身子，穿上衣服，和满脸春风的秀芳一起走出了火房。

孟春整理了一下衣服，镇静地走进屋子，看着炕上睡得像死猪一样的来福，心里有些愧疚，但是也想："我俩好的时候他不知在哪，不过亏这家伙昨天喝多了，睡得多香，否则……"

天亮了，村子里的人们又恢复了往日里的生活。

吃过早饭，孟春对来福说，到村子里随便看看，于是来福带着孟春到村子里转了转。的确村子发生了很大变化，原来"穿靴戴帽"的土砖房不见了，都是些一砖到底的砖瓦房；往日的炊烟袅袅的情景也不见了，家家户户都换成了煤气。如今政府号召"退耕还林，封山禁牧"——每家的羊舍就建在自个房屋的旁边，施行圈养。南边山梁下是一排排整齐的温棚。温棚里种有茄子、辣子、芹菜等。但是，最令人失望的是，孟春听来福说，老韭菜没有多少了，都快死光了。因为草原都实行了围栏，不让进，割不上苦豆子，老韭菜也就失去了杀虫育肥保暖的呵护。村里想了好多办法也请了专家都不管用，所以大都被虫子吃光了，剩下的也不多了。昨天吃的老韭菜，还是他们特意准备的，现在种植的大都是温棚里的韭菜，没什么味道。这不能不说是个非常遗憾的事。

政府实行"封山禁牧"这对当地的生态平衡无疑起到了一定的积极作用。既起到了防风固沙又防止了水土流失；既美化了家园又改变了当地的气候。但是，任何事物都有两面性。我们要坚持科学发展观，切不能一成不变地"封山禁牧"。到了秋季，大量的杂草枯萎死去，有的被风吹走，有的则留在原地，一年接一年地叠压在一起，待来年出土的新苗，却被压得死死的，既不利于生长又不利于美化；既容易发生火灾又造成了很大的浪费。因此，到了秋冬季，在监管下，适当地放牧，也是可以的。不说别的，保持盐池"滩羊肉"特有的品质有利无弊，有益无损。所以，当地的政府理应酌情考虑。

孟春思考着，忽然又想起了什么，对来福说："我们知青的房子还在吗？"来福转过身子指着山坡下的高台说："那不是，早已拆了，被刘豪买去翻盖了。"孟春由来福的手指向山坡下仔细看着：一个高台上一幢三间瓦房坐落在那里。孟春看着、想着，脑海里不由得浮现出他那年在这里生活的场面：

只见秀芳坐在櫈子上，一边唱着陕北民歌："青线线那个蓝线线／蓝个莹莹的彩……"一边洗着衣服。自己往绳子上晾着洗好的衣服，龚章则往脸盆里倒着烧热的水……孟春想着，心里久久不能平静。

在来福的带领下，他们边走边看，孟春突然回过头又问来福："打麦场呢？打麦场还在吗？"来福指着对面说："那不是！早拆了——让东祥盖了家，娶了媳妇……"孟春觉得有些失望。他们边说边往东祥家走去。

说着就到了东祥家的门口。东祥早就站在门口候着，笑着说："村长！孟知青，我还以为你们不来呢？你嫂子早就把饭做好了。"

走进屋子，刘豪、富贵、大财也在，身边还坐着一位高个子的老头，头发都白了，满脸皱纹不说，脸黑黑的，东祥指着说：

"孟春你看谁来了？"孟春赶忙上前："呀——这是——？"

"他是老队长，秀芳的爹，村长的老丈人！"

"是吗？老队长您好！"老队长站起身子说：

"好！好好！听闺女说你昨天来？""嗯，昨天来！您今年高寿了？"

"你说我多大了？你们知青来的时候都是些娃娃，我今年都平七十了！"说着，孟春和老队长握了握手坐下。

孟春环视了一下屋子，摆设和来福差不多，于是孟春小声问来福："和你都一样呀——"来福指着门外，"你看！那是什么？"孟春顺着来福指地地方一瞧，一辆大卡车停在院子里。孟春来时忙着与东祥答话，没有注意。东祥说："来来，坐下！菜都凉了——"

孟春首先站了起来，喧宾夺主地举起酒杯："谢谢！老队长当年的照顾，同时也谢谢东祥的盛情款待和在座的各位，来干杯！"

大家举起酒杯一饮而净。随后，大家边喝边吃边聊着……

"孟春！你还记得挖黄鼠吗？"东祥用筷子指着孟春说。

"记得！三个人挖了半天，才挖了两只……"

"你们还好意思说呢？为了吃两只黄鼠，你争我抢的，鼻子都打出血来了。"酒正喝得醋畅时，不知什么时候，东祥的老婆站在那捂着嘴笑着说道。

孟春一瞧："这不是官奶奶吗？官奶奶您好！"

"啊——叫得多亲切，再叫一声。"孟春觉得上当了，用手抓了抓头不好意思地坐下了。东祥的老婆得意地摇着头："我看你再叫！"

当时他们挖了两只黄鼠，去掉内脏后，用泥巴裹着再用柴火烧。孟春没有吃过黄鼠，大伙首先让孟春吃了一个，剩下的一个，刘豪和东祥谁也不肯让谁。实际上东祥出的力最大，可刘豪就是不让，被东祥打得鼻青脸肿，发生了流血事件。

过了那么长时间，东祥不说，大家早就忘了，可偏偏就在大家都快要醉了，说起这事。刘豪有些坐不住了，摇摇晃晃地指着东祥骂道："他……妈……的，是……我先……看到的！你才……挖的，你是……什么……东西！"

"你……骂谁呢？"东祥也摇晃地站了起来，此时，孟春虽有些醉意，但是，还能控制住自己，赶紧按住东祥。

老队长由于年纪大了，没有喝多少，看到这种情景，大声喝道："像什么话！孟知青来一趟，看你们，你们就这样！不喝了——"气冲冲地甩手而去。

来福摇着身子拉着孟春的手说："走——！回……家……"

孟春不好意思地对东祥他们说："谢……谢……谢谢！给……你们……添……麻烦了——"

东祥的老婆说："真是对不起，吃一顿饭弄成这样，不要见怪，下次再来——"

来福搀着孟春出来，大财、富贵也摇摇晃晃地跟着出来，不知谁说了一句："他妈的真扫兴！"……

来到来福的家，此时，已是傍晚了。秀芳瞧着两个醉汉，指着来福就骂："你看你个孬样，爹喝多了吗?"来福也不吭声，一头栽倒在沙发上呼呼地只管睡。秀芳帮着把孟春扶到床边，脱下鞋，放到床上。孟春仗着酒醉："你……爹没……没喝多……"边说边拉着秀芳的右手不放，秀芳则用左手指着沙发上的来福低声说：

"老头子还在呢！"

"他……他已经……醉了，睡……着了！"秀芳回头瞧了瞧，来福正打着呼噜。秀芳趁机躺下，孟春顺势抱着秀芳亲吻，并用手胡乱摸着，秀芳喃喃地说："不行！不行！这里不行！"的确不行，白酒中的乙醇在孟春的体内起了作用，迷迷糊糊的他，摸着摸着睡着了……

清晨，秀芳已经把饭做好了，叫起孟春和来福，他们吃的是羊肉饸饹和腌制的咸韭菜。饭后，孟春忽然想起车里还有买的礼品——就是些水果之类的。孟春递给来福，来福学着回民的腔调，笑着说："来就来了，还提着礼行。"

告别时，孟春嘱咐他们，抽空一定到家里来玩。来福点着头说："好的，一定去！"秀芳满脸春风地提着一捆鲜嫩的老韭菜，笑着递给孟春说："有空，常来啊——"

"好的！"孟春一边答应一边打开车门坐了上去，并向秀芳两口子招了招手道：

"你们回去吧！有空到家里来。"

于是孟春驱车径直向城里驶去……

梦　诱

娜娜今年 17 岁了，已进入青春期的高潮阶段。一个女人所具备的一切生理特性，她都已经形成。由于生理上的作用，她变得孤僻，喜怒无常，而且对异性产生了强烈的好奇心，心理学家称为"第二次危机"。

这几天娜娜放学回家，一反常态，总是不和同学同伴，一个人低着头走着，不知想着什么。今天她回到家里，把书包往床上一扔，只管躺在床上看着周围的墙上贴着的男明星的照片。

"娜娜！吃饭了。"娜娜的妈妈从客厅里喊道。

娜娜一动不动，呆呆地想着什么。不大一会，娜娜的妈妈过来深情地拉着娜娜："宝贝——吃饭了。"娜娜这才跟着妈妈摇摇晃晃地坐在客厅里吃饭。说是吃饭，哪里是吃饭，没精打采地一边吃着一边呆呆地想什么，脸上的表情显得很复杂。

娜娜的妈妈是位税务局的会计，由于职业的关系，整天忙忙碌碌的，对女儿的生理变化没有留意。

爸爸是位建筑商，时常不回家，就更谈不上关心女儿了。娜娜胡乱吃了点，就回到卧室休息了。就这样，日复一日，月复一月。终有一天，娜娜实在憋不住了，就对身边的好友甜甜说："这些日子我时常做同样一个梦，梦里总有一个英俊的男生在我眼前晃，已经好长时间了，昨天夜里他突然开口对我说：'娜娜！你来嘛，你来找我嘛，我一定等你……'说的可真了。"甜甜是位快人快语的女孩，就对娜娜说：

"你怎么不问他，他是谁？怎么联系？手机号是多少？"

"我哪里敢问，我又不认识他。"娜娜低着头羞涩地答道。

"你不认识他，你怎么梦见他？你还是问一下他叫什么？手机号是多少？"娜娜不好意思地点了一下头。

有一天夜里，英俊的男生在娜娜的梦中又一次出现，娜娜忍不住了，按照甜甜的建议，问梦中的那位英俊的男生：

"你是谁？我怎么才能找到你呢？手机号是多少？"梦中的那位英俊的男生开口说：

"我没有手机，明天中午 12 点在公园的站台上来找我，我的下巴有一颗红痣。"

早晨，娜娜从梦中醒来，就匆匆忙忙找到甜甜，并把一切告诉了她，并央求甜甜和她一起去，甜甜出于好奇就爽快地答应了。中午放学回家时，娜娜在校门口等到甜甜，按照事先的约定，他们手拉手一起前往。

中午 11 点 55 分两人在约定地方等，等了一会却不见英俊的男生来。由于天气炎热，娜娜就对甜甜说："太热了，我到对面买两支雪糕，你在这里等我。"说完匆匆忙忙过街了。

街上，人来人往，车水马龙，就在这时，一辆小面包车猛地朝着娜娜冲了过来，只听一声惨叫……甜甜急忙跑过来一看，娜娜倒在了血泊中。

甜甜手足无措地哭喊道：

"叔叔！阿姨！快过来帮忙……"路边的行人听到甜甜在喊，知道出事了，就纷纷地跑了过来。有的帮着抬娜娜，有的过来挡住闯娜娜的小面包车，司机颤抖地把车门打开，准备把娜娜抬进去送到医院。这时，人们才发现，撞娜娜的这辆小面包车是送死人的灵车，而灵车上的玻璃棺材中躺着一个男生。人们探头探脑地往里看：男生的下巴上明显有一颗红痣……

甜甜看后恍然大悟，不由得低头看了看手表，现在的时间正好是 12 点整，再探探躺在血泊中的娜娜，呼吸已经停止了。甜甜不知所措，心想："天哪！还有这等奇事！"吓得匆忙向娜娜的家跑去……

古体诗词类

七 绝
兰 颂

深山幽谷立坚贞，
富贵荣华不染身。
寂寞孤芳生气节，
桃枯李落我独馨。

七　绝
咏　梅

大雪缤纷不落英，

寒风刺骨更坚贞。

千娇百媚辞冬去，

万古知春第一根。

七　绝

咏　菊

金花怒放百花休，
寒蕊飘香我最牛。
傲然清醇人咏尽，
风骚独领万年秋。

七　绝

咏荷花

中通外挺好洁身，

绿叶红花是水君。

远溢清香生秀丽，

高风亮节守坚贞。

七 绝
竹 颂

虚怀若谷凌云志，
翠绿长青柔美姿。
截段成笛横奏乐，
磨肌抽骨载文辞。

七 绝
松 赋

立地长青挺且直，
横空傲骨与天齐。
风霜雪雨摧坚志，
峭壁悬崖任我栖。

七　绝
白哥赋

白哥①豪气冲牛斗，

醉卧花间不知秋。

笔利琴娴忙彩票，

情怀明月志未休。

---

①白哥：白良库，原职业中学校长。

七　绝
新　声

采诗田野炊烟里，
赋词农家五更时。
当代新声飞异国，
十年宏志在务实。

七绝二首
闻秦、冯、李、马南旅有感①

一

神州锦绣观不尽，

天下婵娟更未同。

劝尔山河收眼底，

莫沾百卉半丝红。

二

烟花世界乱人心，

旖旎风光万里宾。

宁恋家乡一捻土，

莫贪南海万两金。

---

① 秦、冯、李、马及同学秦玉伟、冯献、李怡农、马俊义四人到南方旅游。

七 绝

写给张文涛老师

相逢恨晚话诗文，

别去方知情意深。

愿老康宁挥金笔，

跨鲸文海斩恶神。

七　律
妻哥苏爱强颂

令哥育子有三男，

万苦千辛皆姻缘。

巧手粘得金銮殿，

灵舌吹奏百鸟翩。

辛勤劳作达温饱，

致富经商更可攀。

左右乡邻同竖指，

东西南北赞德贤。

七 律
北汶两川大地震记

山崩地裂家园毁，

树倒房塌百姓亡。

自然灾殃不可拒，

人间大爱抚国殇。

三军奉命齐协力，

万众一心救死伤。

慰语天堂传喜讯，

来年巴蜀展新装。

七 律

佳 人

冰肌玉骨贞洁质，

细柳修竹柔弱身。

杏眼蚕眉含贝齿，

青丝柔顺气若神。

行云流水轻盈步，

笑影慈和总是春。

月隐花羞鱼雁落，

天生地育绝红尘。

七　律
甘草颂

　　8 月 27 日,应邀参加了县科技局举办的"甘草文化"采风活动,面对绿油油的、香气扑鼻的漫山遍野的甘草,敬慕之情,油然而生,故欣然命笔。

生同百草固风沙,

故入中医好大侠。

去发存根水煨制,

补脾益气不失它。

调和搭挡神灵药,

祛病延年味更佳。

地孕天生救世宝,

根深叶茂众人夸。

七 律
绿叶归来

昔日黄沙八百旋,

遮天蔽日万千欢。

飞城卸瓦折树狂,

刮地绝收刺骨寒。

植树造林开伟业,

退耕还草赋新篇。

黄沙一去爽朗日,

绿叶归来赛江南。

七 律
吊安公①

秋风瑟瑟叶归根，

细雨蒙蒙月色昏。

乍耳忽闻吹唢呐，

悲凉凄切奏安公。

生前好酒忧民事，

身后遗文唱塞春。

绿水青山息玉骨，

盐州文史铭君魂。

---

①安公：即安学军，原盐池县文联主席。

七律二首
花马池①赋

花马城池驻汉军，

长城边外御夷兵。

狼烟烽火寻常事，

月夜征程鼓角声。

昨日黄沙埋铁骨，

今朝绿海舞长缨。

无量殿②下游玩处，

哈巴湖③边赋友情。

---

①花马池：盐池俗称。

②无量殿：即花马寺，在盐池城南八里处，是盐池县生态旅游地，每逢九九重阳节，这里热闹非凡。

③哈巴湖：地处盐池县城西南，在王乐井乡，是国家级自然林木保护区。这里水质甘甜，树木茂盛，野禽飞翔，走兽出没，是旅游的极佳处。

二

封山禁牧草围栏，

生态祥和地育民。

翠柳花红天气爽，

瓜肥沙瘦水清凌。

滩羊美酒歌声亮，

荞面饸饹味道神。

塞上春城花马池，

至诚一片待来宾。

七　律
颂共和国六十周年华诞

华诞神州迎岁甲，

中秋皓月阅团圆。

京都盛典千帆竞，

长剑生辉万里安。

鸟语黄花书丽日，

民康物阜乐尧天。

红歌高唱忠魂骨，

华夏长青代代传。

七　律
友南旅有感

锦绣河山孕乾坤，

人文地理在其中。

知天识物行南北，

弃马观花醉卧峰。

风雨周游钱做马，

狂言侃尽酒为君。

人生短暂惜今日，

世态炎凉恋挚情。

七 律
文侠浪人
——写给都市诗人孙文涛

游览河山采俗情，

浪迹都市访明星。

孤单寂寞行天下，

把酒开怀唱大风。

笔利文采撩心透，

情深意切荐雏鹰。

诗侠词俊劳辛苦，

不待文章千古铭。

六字令

有感麻黄山

山高路远沟深，
扶贫难以进村。
谁敢横锹立锄，
唯有移山愚公。

依^①李白古风《将进酒》韵

赋盐州词

君不见隋明长城万里来，

龙盘峰峦卧边陲。

君不见墩堠烽台八百里，

浩浩云汉横大漠。

商时鬼方羌猃狄，

武丁北伐三年捷。

秦汉朐衍北地郡，

曾经大将铁马来。^②

三国两晋南北朝，

皆是烽烟蔽日辉。

隋筑城、唐挖窖，

---

①依，即：依韵，和诗的一种。

②商朝时盐池一带属鬼方之地，居住着羌、猃狁、狄等少数游牧民族。商朝武丁时对鬼方大规模用兵，连战三年而捷。秦汉时盐池境内设朐衍县，属北地郡。如今县城东设有朐衍路。大将指秦朝蒙恬，汉朝卫青、霍去病。

宋晒盐、西夏民。①

明清花马池，

平固门户锁环庆。②

深沟高垒头道边，

朔方天堑河东城。③

民国盐池朔方道，

铁流二万圣地名。④

红旗漫卷古城头，

黎民翻身尽欢谑。

大河曲处古盐州，

历经沧桑雄风卓。

无量殿、铁龙走，

哈巴风光似锦绣，

东工西市新盐州。⑤

---

①隋朝开皇五年（585 年）开始在此修筑长城，绵延七百里。唐朝在此挖窨，"窨"即地洞。宋朝在此晒过盐，盐田卤水经过日晒结晶即为食盐。

②明清时盐池叫花马池，此地北背长城，把河东大门，素有平固门户、环庆锁钥、三边要邑之称。

③深沟高垒：明嘉靖十年（1531 年）兵部尚书王琼所筑，因内筑墙外挑沟壕而得名。

④铁流：指红军长征。

⑤无量殿：距盐池县 5 公里处，是盐池县旅游胜地，旁边有新建铁路，花马湖等胜景，县城东边是工业园区，西边为新建的城市。

中华建党九秩颂

南湖建党一叶舟，
镰锤高悬九十秋。
血染丹旌昭日月，
燎原烈火雪心仇。
铁流二万铸忠魂，
宝塔擎旗斗貔貅。
抗战八年驱倭寇，
丰功伟绩铭心头。
三大战役荡污秽，
百万雄师收金瓯。
五星赤帜迎国诞，
六亿神州书鸿猷。
抗美援朝保家国，
邦安社宁枕无忧。
花木向阳春常在，
人民跟党志不休。

改革开放画宏图，
国富民强颂神州。
欢歌盛世同祝寿，
伟绩功勋展风流。

钗头凤①·
赠予宁夏人民出版社唐晴

乡村宴，

初相见，

满园秋色桃花面。

钗头凤，①

深情诵，

一桌文友，

举杯同兴。

碰！

碰！

碰！

---

①钗头凤：指宋陆游给其表妹唐婉写的一首词。当时作者在
盐池县红山沟村的餐宴上给四川老乡——唐晴朗诵了这首词。

迟相见，

知音晚，

蜀国幺妹

编文案。

诗哥敬，

词兄宠，

月明星宿，

舞池歌咏。

兴！

兴！

兴！

卜算子·
爱　俏

　　闻悉同学何静得类风湿病，想起她年轻时的往事，故填词以示勉励：

年少喜蝉衣，
婷婷秋冬季。
爱俏习梅不懂寒，
半百方知痹。

病也不失欢，
只有疗伤计。
它日花红二度春，
伊在夕阳丽。

卜算子·
无　题

中岁仕途难，
家事频添乱。
独卧床头百味全，
未有心相伴。

把酒敬青帝，
还我桃花愿。
驾驭龙舟太湖行，
习作黄昏恋。

长相思·
为魏润记题词

筑路难，

护路难，

雪雨风沙四季间。

为民行路安。

盼道安，

愿道安，

万里通途尽笑颜。

千家万户安。

长相思·

情

君有情，

汝有情，

总是无情却有情。

朝夕夜夜心。

道忧忧，

恨忧忧，

忧戚无奈伴月明。

杜鹃声又声。

长相思·
友南旅有感

北海游，

南海游，

游到三亚天尽头。

娘妻夜夜愁。

思忧忧，

盼忧忧，

盼到归时方始休。

月明絮语柔。

减字木兰花·
麻黄山赋

高天厚地，
万壑纵横丘屹立。
鸡叫三边，
百户千家炉火欢。

塬台风电，
绿色光明花烂漫。
塬下黑金，
地孕天生富国民。

二〇一二年五月六日

减字木兰花·

盼　归

凝眉锁怨，
杏眼涟洏①流不断。
北雁南飞，
万里征夫何日归！

春失秋去，
枯木枝头惊鹊语。
日暮黄昏，
白发三千夕照红！

---

①涟洏：形容涕泪交流。

西江月·
"咸菜"①赋

少小习文弄剑，
中年花酒疯癫。
书读万卷腹中餐，
与国与家无缘。

天下不韪②而做，
时常客栈寻欢。
溜溜黄段满嘴宣，
不见诗文一片。

---

① 咸菜：与闲才谐音，有才闲着无用。
② 不韪：指冒天下之大不韪。

西江月·
哈巴湖颂

塞上明珠翠秀，
朔方一叶洞天。
红陶石斧五千年，
草木幽深一片。

湖水粼粼碧空，
沙丘鱼贯波澜。
野禽走兽绿浪欢，
哈巴湖光无限。

西江月·
盐州颂

万里长城横贯,
千年花马长嘶。
红旗漫卷过黄河,
铸就中华圣地。

东南铁龙飞走,
西区华市新姿。
滩羊绿草野禽飞,
塞上江南在此。

西江月·
父亲颂词

　　父,刘健德,1929 年 9 月 28 日生,山东人。12 岁参加革命,历经抗日战争、解放战争、抗美援朝。1958 年与母亲复员后,为支援山区建设,举家来到盐池县, 在医疗卫生系统工作,1997 年农历三月初一病故。正值抗日战争胜利 66 周年之际,凭吊父迹,以达怀念。

十二戎装别母,
硝烟万里征途。
一腔热血保和平,
何惧横尸夷土。

解甲杏林高手,
降魔祛病山区。
忠心赤胆为人民,
不待青史万古。

西江月·
母亲颂词

　　母亲，周义芬，1933 年 9 月 18 日出生在重庆巴县一户贫苦农民家庭。1950 年赴朝参加抗美援朝，1958 年随夫支援山区建设来到盐池县。先后在医院、商业部门工作，1985 年退休，2012 年 6 月 23 日病逝。为怀念母亲，题词一首：

碧玉戎装别蜀，
英姿飒爽征途。
援朝抗美媲丈夫，
何惧马革夷土。

解甲白衣天使[①]，
孰知精简为厨。
心中有怨尚辛苦，
寸草丹心万古！

---

①天使：护士尊称。

西江月·
瑞林诗颂

"碎片"诗情画意，
心声燕语杜鸣。
平生默默持家辛，
尚赋诗歌辞令。

塞上天翻地覆，
盐州一派清新，
史悠文浩蕴含深，
愿尔文馨笔劲。

忆秦娥·
情未了

心急切，
楼空人去心如月，
心如月，
殷勤日末，
痴情难却。

年年思慕年年慕，
柔情似水愁眉锁。
愁眉锁，
南飞北雁，
太湖情末。

满江红·
红军长征胜利暨盐池县解放
七十周年献词

花马欢腾，

迎解放、七十华诞。

忆往昔、红旗漫卷，

长城两岸。

业绩江河流万古，

功勋日月辉银汉。

继开来、

碧血绘神州，

山河变。

沙场绿，

芳草艳；

花竞秀，

蜂蝶恋。

瞰琼楼星布。

麦浪滔天。

塞北江南红胜火，

三边圣地春无限。

感今朝、民富国安宁，

和心愿。

沁园春·
共和国六十华诞赋庆

岁甲共和，

华诞神州，

盛世太平。

看山河锦绣，

万千气象；

京都盛典，

科武成城。

燕舞莺歌，

山欢水笑，

六秩①安康贺岁青。

金秋夜，

---

① 秩：十年为一秩。

望长空灿烂，

礼炮声鸣。

中华人地皆灵。

舞龙凤举国绣前

程。

喜风和日丽，

丰衣足食；

千秋伟业，

万里春风。

三代天骄，[①]

一心为民，

政策昭昭符国情。

银锄落，

沐三春化雨，

五谷丰登。

①三代天骄：一代毛泽东：翻身解放，建立共和；二代邓小平，
拨乱反正，改革开放；三代江泽民、胡锦涛为首的党中央继往开
来，国泰民安，社会和谐。

沁园春·
同学联谊献词

塞上阳春，

柳绿花香，

鸟语歌声。

喜同学联谊，

情深意切；

师生会聚，

把酒倾心。

岁月沧桑，

人生如梦，

转瞬春失白发翁。

从头越，

看山河锦绣，

万里东风。

光阴难住如金。

需刻刻时时不放松。

记玉贞可碎，

不同瓦混；

鸾身萎落，

不与鸡群。

卅载别离，

时不我待，

海阔天高任我行。

常来信，

祝同学康乐，

万事如心。

沁园春·
盐州①颂

　　昔日盐州,黄沙滚滚,遮天蔽日。如今草木茂盛,生态平和;高楼林立,市场繁荣,无不使人感慨。故填词一首以叙情怀。

　　　　　塞上盐州,
　　　　　翠绿勃发,
　　　　　盛世正荣。
　　　　　望南山万壑,
　　　　　云烟袅袅;
　　　　　北丘大漠,
　　　　　草木重重。
　　　　　地沃花香,
　　　　　山明水秀,
　　　　　鸟语歌声绕苍穹。
　　　　　今朝去,
　　　　　喜三边圣地,

———————

①盐州:即盐池县,我国北魏时称盐州。

雪耻"黄龙"①。

昔州铁马兵戎。

筑万里长城御夷雄。

辖三边要邑②,

河东门户③;

深沟高垒④,

烽火成城。

岁月沧桑,

雄风依旧,

花马⑤腾飞映彩虹。

忙回首,

瞰琼楼星布,

银阙灯红!

---

①黄龙:俗称沙尘暴。

②三边要邑:盐池位于陕、甘、内蒙古三省交界,古为军事重地。

③河东门户:黄河以东的盐池县是宁夏的东大门。

④深沟高垒:明嘉靖十年(1531年)兵部尚书王琼所筑,因内筑墙外挑沟壕而得名。

⑤花马:即花马池,盐池县俗称。

点绛唇·
思　恋

北雁南飞，
碧空万里捎心语。
问伊知去，
八里桥①边许？

卅载别离，
梦里觅相遇。
心忧郁，
月明星宿，
暮鼓听风雨。

---

①八里桥：指银川市满春乡的八里桥。其西面为宁夏商校旧址。

自由诗类

阿　妹

蔚蓝的天空
高高地挂着
一轮圆圆的月亮
圆圆的月亮下面
是一条弯弯的小路
弯弯的小路通向梦往魂牵的家乡
那久别的家乡
有我儿时的阿妹

啊——
蔚蓝的天空
圆圆的月亮
你能否告诉我
那弯弯的小路上玩耍的阿妹
如今在何方

啊——

蔚蓝的天空

圆圆的月亮

你能否告诉我

那弯弯的小路上玩耍的阿妹

是否已成为别人的新娘

啊——

我心中的阿妹

无论你是否已成为别人的新娘

我心依旧

梦萦魂想

啊——

我心中的阿妹

无论你是否已成为别人的新娘

我心依旧

梦萦魂想

大灾有大爱

————写给北汶两川大地震救灾的英雄们

黑夜里

从一片瓦砾中传出一声声微弱的呼声……

星星

夜空中的星星

仿佛听到了这微弱的呼救声

闪烁着向四面八方发出一缕缕耀眼的光亮

于是乎

一对对矫健的双脚在废墟中穿梭

一双双有力的大手在瓦砾中翻动

孩子、姑娘、小伙子、大爷、大娘

坚持住

我们马上救你……

地陷天不塌

大灾有大爱

地震虽然摧毁了我们的家园

但是

我们还有爱

有爱

生命就会创造奇迹

有爱

生命才会延续

一个人的爱面对十三亿人是微不足道的

如果一个的爱感染给十三亿人

那么

爱将会汇成海洋

聚变为无际的天宇

让世界充满爱

让人间充满爱

无论天堂的路有多么宽广

地狱之门有多么敞开

有爱

天堂的路就会变得狭窄

地狱之门就会紧闭

有爱就有希望

有爱

明天就会更美好

2008 年 7 月 11 日

灯 塔

——纪念《延安文艺座谈会上的讲话》发表70周年

七十年过去了

它就像一座光明的灯塔

指引着艺海中来来往往的大小船只

再过七十年

一百年

甚至一万年

它仍旧是一座不灭的灯塔

至此之后

无论艺海中的文涛诗浪有多么汹涌澎湃

它仍旧是一座光明的灯塔

荷花之喻

荷花

出淤泥而不染

濯清涟而不妖

故而

她成了佛祖的宝座

陪侍佛祖

云游万方

普度众生

救苦救难

她

神圣而净洁

中通外直

洁身自好

绿叶红花

清香远溢

不与世俗同流合污

更不染一丝粉尘

水中芙蓉

陆地无双

高风亮节

亭亭玉立

饮其籽而长寿

吃其藕而祛疾

她是灵魂之所

圣洁而美丽

清馨而秀雅

若说上善若水

而她则是水中君子

菊花之喻

开百花凋零之后

去春夏而迎秋

西风沐浴

神韵清秀

素雅坚贞

隽美多姿

不与百花斗艳

不引狂蜂癫蝶

无妒无怨

飒飒西风满院栽★

蕊寒香冷蝶难来

待到秋来九月八

★以上为集，指搜集别人的句子组合成篇，是诗词的一种创作手法。另外还有"翻"即翻用，指改用别人的句子；"借"，即借用，指引用别人的句子。这里集句的是三国黄巢之诗。

我花开后百花杀

重阳节里引骚客

诗狂词癫唯有她

万物肃杀

秋风中独立

超凡脱俗

高尚坚强

迎寒斗霜

生之兮万木之凋零

绽放兮而独傲

春兰兮秋菊

长无绝兮西风

兰花之喻

在那深山野林之幽谷

生长着一朵野花

她

不以无人而不芳

不以穷困而改节

独立挺拔

品质高洁

坚贞而不渝

高傲而不屈

世人皆浊我独清

不沾富贵

不染红尘

她

是一种精神

一种情怀

一种境界

一种艺术

更是一种文化

一种中国龙的品格

其香悠远

为之国香

其质清雅

为之君子

自古多少名流雅士

无不以兰花为楷模

国之存亡

民族之危难之时

无不以兰花之品性

昭示着人们

兰花高傲而不失气节

清秀而不炫斓

生在深山幽谷中

浩然天下忧患处

梅花之喻

她有五瓣
又称五福花
她开百花之先
独天下而春
她
铁骨冰心
凌寒留香
清雅俊逸
坚贞不渝
傲霜欺雪
不屈不挠
她
浓而不艳
冷而不淡
疏影横斜
情雅幽香

她是

朔风吹不倒

古木硬如铁

一花天下春

江山万里秀

不外有人赞其

无意苦争春

一任群芳妒

零落成泥碾作尘

只有香如故

她

不愧是花之魁

花之启明星

待到山花无处开

她在丛中笑

生 命

心脏

渐渐地停止了跳动

血液

慢慢地停止了流动

灵魂

萧然地离开了躯壳

黑夜代替了白天

光明与黑暗浑然一体

万籁俱寂

一切归无

死神在大笑

魔鬼在欢笑

啊——

生命赋予人这么短促

临终时的瞬息悲思

哀叹得无意中吹灭了生命的火花

就像一缕温暖的春风拂灭了一盏明亮的油灯

啊——

不——

有生就有死

有死就会有生

生生死死

死死生生

生命

不在乎长短

而在于过程

在于生死之间的作为

蜉蝣之成虫

其生命何其短暂

然而

它凤凰般的身影曾经在水面上飞翔过

昙花

几小时后凋谢

然而

它把美丽带给了人间

传说

优昙花三千年一开花

开花后迅速凋谢

佛家称"时一现耳"

但是

它将檀香的馨香留在了佛国

的确

生命是短暂的

我们不求生命的辉煌

但求生命的无悔

来世没有自己

自己也没有来世

为此

把生命创造的美丽留给人间

把生命造就的硕果留给后人

把生命探求的真谛留给人类

一代接着一代

到那时

油灯就会变得更加亮

守 望

——汶川大地震记

守望

守望那一片废墟

深埋着的亲人

这时候恐怕已经去了天堂

我追忆从前的往事

仿佛亲人从天堂里回来

张着双臂

紧紧地、紧紧地把我搂抱

儿子、女儿、爸爸、妈妈、爷爷、奶奶……

你们还好吗

舐犊之爱

蝶恋之情

天伦之乐

仿佛又在眼前显现

割不断的是情

不离不弃的是爱

亲人虽然离我们远去

但是

始终不变的是永恒的眷恋和无尽的思念

我由衷地祝愿

天堂里的亲人们永远快乐

我衷心地祝愿

人间的友爱大无疆

松之喻

傲然屹立
生气勃勃
严寒霜雪
挺拔直立
悬崖峭壁
无处不栖
西风肃杀
郁郁葱葱
无花不惹蝶
有香为歌媒
其志为青云
其品为栋梁
长绿而壮
常青而寿
取其材为屋
取其叶为油
分身碎骨
造福人类

同心歌

哪怕风雨雷，
哪管谗言飞，
志向同，
情相投，
何惧人言非，
同心同梅美。

心负伤累累
相逢知吾谁
火熔金
难熔心
来日相依偎
柔语柔娓娓

劝君莫要悲
有志各奋飞
化迷雾
破迷途
千里共梦寐
同心同梅美

温　存

无论在四季的中午和夜半
只要我躺下
总有人轻轻地来到我的床前
帮我盖好被子
或者把刚刚盖好的被子再掖一掖

在我成长的所有生命的日子里
哪怕到了老年的日子里
我依然如故地感觉到这种温存的举动
那是谁？
——母亲
我亲爱的妈妈

然而
时过境迁
随着母亲的故去
我不再有肢体上的这种感觉了
但是

我时常在睡梦中感觉到这种温存的存在

这种存在

已经在我心灵的深处

烙下了永恒的、不灭的烙印

这种烙印

温暖而亲切

她将陪伴我走完最后的人生

我多想

我多想多想

摒弃这副累赘的臭皮囊

将它毅然决然地抛向广袤的原野

济小草滋生

供野兽吞噬

回归自然

超然物外

随缘涅槃

只留下个不灭的心灯与心光

伴随着飘逸的灵魂

去游弋无际的苍昊

一万万年后

地孕一个仙胎

天育一对你和我

六道轮回

三界五行

将爱重新播种于大地

与万事和谐

与万物繁衍生息

延延续续……

小草不再有哭泣

生灵不再有涂炭

河水不再有泛滥

瘟疫不再有流行

战争演化为儿时嬉戏的游戏

那时的人类

与万事万物和谐共荣

大同极乐的世界

不再是渴望不可及的天堂

而是现实的温馨的家园

现在的诠释

现在

不可逆转的今日

现在

昨天的终点与明天的起点

现在

所有过去的归宿和全部将来的渊源

把握现在

就是把握了过去与将来

我们不应追悔过去的过失而去哭泣

也不应守望将来的幸福而去兴奋

我们更不因现在的景象不为人愿

而去责难现在

现在是所有过去的"现在"与今日的"现在"融会

而成的

至于将来

将来是今日的"现在"所努力而造就的即将到来

的"现在"

为此

把握现在

只有把握住现在

才不至于流于梦想

流于虚无缥缈的幻境

才不至于追悔过去

悔恨当初

过去的悔恨与欣慰和将来的幸福与灾祸

全掌有现在努力的趋向

故

拿出"现在"的努力去谋"将来"的发展

善用"今日"以努力为"将来"之创造

由今日所造就的功德与罪孽永久不灭

相　思

几多春秋

几多春夏

遥望苍穹

星光灿烂

彻夜难眠

思尔

想汝

未见芳容

今日可喜

芳容依旧

笑脸可亲

无与伦比

心　光

每一个人生下来都固有一束灯芯

是生命的火花把它点亮

然而

它还不算明亮

随着悠悠岁月的成长

几经生活的磨砺

胸中的这盏心灯

就会逐渐地发光

当身无所依

心无所求

无欲无为

物我两忘时

心光就会产生

心灯就会变得明亮

明亮得像太阳似的向周围辐射

它七彩光耀

灿烂无比

像神圣的佛光

普照心中的万事万物

闪烁着不朽的真谛

有了心光的呵护

人类的一切苦难和悲伤都将无所畏惧

有了心光的引领

人类就会无私地奔向光明幸福的彼岸

然而

人们的物欲太重

情欲太浓

心中时常被物欲情欲笼罩

心光无法明亮

因此

人们理应摒弃物欲的贪婪

情欲的困扰

让心光自由地燃烧与喷发……

仰望无际的天宇

太阳是那么的炽热而光耀

因为它无期无私地燃烧着自己

用生命的光焰照耀着万物

使万事万物

繁衍生息

延延续续

永久不灭……

太阳是大自然的心光

人类是大自然的骄子

其心中必定生有太阳似的心光

让私欲般的乌云散去

心光就会显现

人类就不会迷途

心明则眼亮

在心光的指引下

美好的家园

光明、幸福的生活就会到来

行　走

行走

是行者的一生追求

不同的地域

不同的文化

不同的生活方式

在行走中出现

由于不同

才有了多元而繁荣的文化

由于不同

才有了丰富而多彩的生活

才有了文化的积累和渊源

行走

接地气

浴天光

丈量世界

享受美景

行走

在不断地行走中人们有了心灵的感悟

在重复的行走中人们有了心灵的渐悟

渐悟催使人们不断地行走

走着走着

人们有了洞悟

洞悟使人们了解了大自然

洞悟使人们懂得了人生

洞悟使人们获得了真理

行走

把人们从繁杂的办公室里解放出来

把人们从温馨的家庭里感化出来

人们不再是办公室里的奴隶

也不是温室里的花朵

人们

与大自然融为一体

蝴蝶就是我

我就是蝴蝶

物我两忘

多么的惬意

不识庐山真面目

只缘身在此山中

行走

不畏山高路远

不畏艰难险阻

行走

使人生得到了磨砺

得到了升华

从而

取得了"真经"

如果说

晨钟暮鼓中的禅坐者

能够坐化为仙

那么

行走中的人们就会走化为"仙"

达到至高无上的境界

一切的烦恼

一切的忧愁

一切的屈辱和仇恨

都将会在行走中化为快乐

这

便是行者的一生的追求

盐池文人

也许是自然的巧合
盐池这个滩羊之乡
其版图恰似一块羊皮
正是在这个不起眼的羊皮的版图上
活跃着一批充满了热血的业余文人
他们
有的来自于机关学校
有的来自于企事业单位
甚至
有的来自于贫困的乡村
虽然他们
自知学识浅薄
水平不高
然而
他们
却能够勇敢地战胜自我
冲破世俗的偏见
人们的冷嘲热讽

毅然决然地拿起手中的笔
将心灵的感悟
胸中的热血和汗水
泼洒在这块土地
——用最诚挚的语言
讴歌着这里的历史人文
风俗民情
鸟语花香
赞美着创业者的步伐
欣欣向荣的盐池

他们
没有酬劳
没有花下的闲情逸致
更没有垂钓时的悠闲
麻将桌上的激情
只有灯下的默默耕耘
夜以继日地思想
思想着故乡一缕炊烟中飞出的金色的凤凰
思想着故乡那遥远的历史发出的耀眼的光芒
思想着故乡日新月异的繁荣的背后流淌着的汗
这是为什么
因为他们
由衷地热爱和眷恋着这块土地

他们深深地知道
这里的民风淳朴
这里的人民勤劳
这里的历史文化厚重
这里的一切的一切
深深地吸引着他们的灵魂
感奋着他们的文思

他们
为了盐池的精神文明建设添砖添瓦
他们
为了盐池这个偏僻的宁南山区
尽快地走向全国
走出国门
擂鼓呐喊
盐池这个红色的革命老区
——滩羊之乡
——甘草之乡
——生态旅游之乡
——大西北卫生暨园林之城
响彻大江南北

一缕金色的霞光

你是一缕金色的霞光
穿过我失去爱的心灵
你是一支优美的赞歌
激荡在我苦闷的胸怀
你静悄悄
静悄悄地走了
在我炽热的胸怀
留下了一个无声的黑夜
凄凉沉默的黑夜哟
连着痛楚与悲戚
在爱的心灵上
点缀出一幅永恒的思念

竹 之 喻

"三友"列其名

"四君"置其位

风霜凌立

苍翠俨然

破岩而立

挺拔俊秀

与诗同志

岁寒不凋

与词同道

斑竹铭泪①

竹本固

——固树德

---

①相传舜帝二妃，娥皇、女英寻帝于九嶷山，闻帝战逝，泪洒于竹，形成斑斑点点，故为斑竹。

竹性直

——直以立身

竹心空

——空以虚心

竹节亮

——亮以节贞

故板桥曰：

咬定青山不放松

立根原在破岩中

千磨万击还坚劲

任尔东西南北风

而吾颂

截段成笛横奏乐

磨肌抽骨载文辞

走了去了

走了去了
带着爱的春天
情的金秋
心的馨香
默默地走了去了
在我炽热的胸膛留下了一片凄凉的悲哀
啊———
我生命的支柱
理想的希冀
你究竟为何而来
又为何而去
你来得匆忙
去得又那样的草率
你难道是湖水中的一叶浮萍
还是远天的一朵游云
啊———
上帝
你主宰的世界
为何一半是欢乐
一半又是悲哀

昨日、今日、明日

昨日——

看不见的煤层

深埋着的历史

挖出来

它会燃烧的

倘若还我一个昨日

我将重新把生命冶炼

铸造个不朽的灵魂

今日——

却能把握住的现实

已拉开了帷幕的舞台

警惕点

它会演出悲剧的

倘若今天属于我

我将创造灿烂的明日

使昨日没有了遗憾

明日——
尚未出嫁的新娘
有一张圣洁的春床
嫁过来
她会生下太阳
倘若给我一个明日
我将孕育繁盛的自然
使人类与自然和谐共荣

秋　天

——写给孙文涛老师

秋天

枫叶火红

笑得满山红透

黄花绽放

了却了以往的蜂癫蝶浪

百花斗艳

秋末时节

正是兰花独霸的天下

幽谷玉立

芬芳别致

临风斗霜

把一个寂寥的世界揽入她那馨香的怀抱

再看那夕阳

垂落在西山的峡缝里

喷薄出无尽的霞光

使万物都感到逊色

黄昏

正是催思人生真谛的机遇

老骥伏枥

志在千里

烈士暮年

壮心不已

对 联 类

对　联

一

上联:文韬武略上溯五千年还有圣人?

下联:治国安邦下寻一万载亦无来者

横联:千古帝师——毛泽东

二

上联:三殿南辖塞上今朝三省通都

下联:星楼北控朔方昔日河东要邑

横联:朔方天堑

三

上联:朔方天堑天方朔

下联:威胜楼阁楼胜威

横联:胜楼楼胜

注:此联为回文联,可倒着念。

四

上联:一个单位仅一人,一人主持是领导又是职工,天天上班,任劳任怨;

下联:一个支部有七人,一人在岗是书记又是干事,日日工作,尽职尽责。

横联:优秀党干